W0417131

MARIANNE ACH

AUCH DIE NACHT HAT EINE FARBE

1. Auflage 2023
© lichtung verlag GmbH
94234 Viechtach Bahnhofsplatz 2a
www.lichtung-verlag.de
Alle Rechte vorbehalten.

Umschlagfoto: iStock, anskuw
Autorenfoto: Burkhardt Kurz

Druck: CPI books GmbH, Ulm
ISBN 978-3-941306-58-5

Marianne Ach

Auch die Nacht hat eine Farbe

edition lichtung

Für Astrid,
die wieder ins Leben zurückgefunden hat

Meine Hand
greift nach einem Halt und findet
nur eine Rose als Stütze
(Hilde Domin)

Romanfiguren führen ein eigenständiges, zähes Leben.
Sie binden mich an ihr Schicksal, ihre Trauer und ihr
Glück, an ihre Sehnsucht und ihre Verzweiflung.
Sie sind stärker als ich.

Jeder Roman verändert.

Der Vater erwartet Konstanze wie gewohnt vor der Haustüre. Er umarmt sie, sieht sie besorgt an: Es ist gut, dass du wieder einmal den Weg bis zu uns gefunden hast.

Vor allem wegen dir, sagt Konstanze. Du hast graue Haare bekommen und immer noch die Delle am rechten Nasenflügel.

Hast du etwa ein anderes Gesicht erwartet? Komm rein!

Mutter hat den Tisch gedeckt, Kuchen gebacken, das wertvolle Geschirr aus dem Schrank geholt.

Es wurde Zeit, sagt sie. Wir sind immerhin deine Eltern.

Konstanze überhört den kritischen Unterton, lässt sich widerwillig verwöhnen, lobt ihre Mutter als gute Hausfrau.

Bist du immer noch so oberflächlich? Kein abgeschlossenes Studium, nur diese sinnlosen Halbtagsbeschäftigungen, nicht verheiratet, keine Familie.

Ich bin auf dem besten Weg, solide zu werden. Ich habe das Studium wieder aufgenommen. Außerdem bin ich alt genug, um selbst über mein Leben zu entscheiden.

Sie trinkt Kaffee und isst ein Stück Kuchen. Erinnerungen von früher drängen sich auf.

Das Geschirr gab es zu meiner Erstkommunion, dann zur Firmung. Du bist für das Aufbewahren, für das von früher, sagt sie zu ihrer Mutter. Der Kaffee ist etwas stark. Der Kuchen ist dir gelungen. Das Backen hast du schon immer gekonnt.

Die Mutter deutet auf ihre Tasse: Kostbares Porzellan. Echter Goldrand. Ich habe es damals …

Konstanze unterbricht sie: Diese Geschichte kenne ich, wie andere Geschichten auch. Ich möchte mit Vater in den Garten gehen.

Ihr wart von Anfang an zwei Verbündete und ich habe dabei nur gestört, sagt die Mutter mit leicht verbittertem Unterton.

Vater und Tochter gehen hinaus. Es ist warm. Von irgendwoher kommt der Duft von Apfelblüten, ist der Lärm eines vorbeifahrenden Autos zu hören. In der Ferne sind verschwommen Hügel zu sehen, die im Sonnenlicht eine eigene Färbung angenommen haben. Auf der Straße gehen nur einzelne Passanten, die es ganz offensichtlich eilig haben.

Erzähl mir von deinem Leben als Fernfahrer, sagt Konstanze und setzt sich auf einen Gartenstuhl. Ich bin wie immer neugierig. Wenn du nach Hause gekommen bist, durften wir dich nicht ansprechen. Du hast dich vor Müdigkeit ins Bett gelegt und mehr als zwölf Stunden geschlafen.

Was willst du wissen? Als Kind hast du meine Fahrerkabine sehen wollen und sagtest: So klein, Papa. Sie ist tatsächlich nur drei Quadratmeter groß, hat sogar einen Teppichboden, ein wenig Bequemlichkeit für unterwegs. Das Bett ist schmal.

Und du bist noch nie herausgefallen?

Ich halte mich an meinen Träumen fest, sagt er lachend. Außerdem habe ich einen Wasserkanister, einen kleinen Kühlschrank, sogar einen Kleiderschrank. Kaffee und Zigaretten sind immer vorrätig und ein Duftspray, um mir das Gefühl zu geben, dort zu sein, wo es angenehm ist und Illusionen erlaubt sind. Ich habe meine Aussichtspunkte,

Erlebnisse an den Parkplätzen, die gar nicht so genannt werden können. Oft es ist nicht mehr als ein flüchtiger Austausch von Nichtigkeiten mit denen, die genauso unterwegs sind wie ich. Ich bin zigmal um den Globus gefahren. Im Durchschnitt sind es täglich sechshundert Kilometer quer durch Deutschland. Ist es das, was du wissen möchtest?

Nicht nur. Du hast doch als Fernfahrer auch ein Innenleben.

Mein Beruf macht einsam. Das Fahren strengt an. Ich kämpfe immer wieder gegen meine Müdigkeit. Ich weiß, dass es gefährlich ist, auch nur kurz einzunicken. Du gerätst schnell auf die andere Fahrbahn.

Er sieht in die Ferne, ist anderswo.

Mein abwesender Vater, sagt Konstanze.

Die Straße ist ein endloses, graues Band, ergänzt er, in einer dumpfen eintönigen Farbe, oder glänzend wie ein Spiegel. Es gibt Kurven, lange Tunnels, Bäume und Sträucher an den Straßenrändern, vereinzelt Häuser, ein Schatten, der vorüberhuscht, vielleicht ein Reh. Du schaust nicht einmal in den Rückspiegel, die Zeit drängt. Ansonsten kaum Überraschungen. Vor dir und hinter dir andere Fahrer, die dich überholen, bedrängen. Urlauber winken, du spürst deren Ausgelassenheit, ihre Vorfreude, bist neidisch. Mitunter denke ich, das Ziel ist gleich hinter dem Horizont. Das ist ein Trugschluss, ein frommer Wunsch. Ich habe mehrere Unfälle erlebt. Sie sind wie Sekundenfilme, die du schnell vergessen willst. Unfälle bringen deinen Plan durcheinander. Da liegt einer am Wegrand, du siehst eine Tasche, einen Koffer, Kleidungsstücke, mehrere Polizisten und denkst: Das geht mich nichts an. Was geht mich überhaupt etwas an? Alles, auch kriminelle Machenschaften und Verbrechen.

Wer bringt dich denn auf diese Idee?

In der Nacht kommen mir oft Gedanken, die ich nicht zuordnen kann. Sie sind wirr und beängstigend. Manches ist nicht fassbar, am wenigsten das eigene Dunkel. Vor allem in der Nacht gedeiht das Böse. Dann denke ich mir Verbrechen aus, die mich erschrecken. Deine Mutter hat sich dem Guten verschrieben. Ihr könnte ich das alles gar nicht erzählen. Zwischen ihr und mir fehlt die Übereinstimmung. Es ist zu viel Abstand. Und wenn ich nach Hause komme, möchte ich meine Ruhe haben.

Er legt seine Hand vorsichtig auf die Schulter von Konstanze.

Wenn du im Kopf Geschichten entstehen lässt, überlebst du. Vielleicht etwas einfältig, aber der Gedanke hilft. Die Geschichten sind alle miteinander verbunden, gute und böse, tiefgründige und oberflächliche.

Dann bist du ein Geschichtenerzähler.

Ich erzähle sie mir selber. Das ist alles. Wenn es regnet, klopfe ich den Rhythmus einer Melodie auf mein Lenkrad und pfeife dabei. Das soll mich ablenken und wachhalten. Der Regen schläfert den Verstand ein, verdirbt die Sicht. Du träumst nur mehr vom Ankommen, von einem kalten Glas Bier, von Menschen, mit denen du reden kannst, wenn auch nur über Banalitäten. Um meine innere Einsamkeit auszuhalten, singe ich gegen mein Inneres an, tragisch traurige Lieder, die wenig Sinn ergeben. Die große Freiheit on the road, die gibt es wirklich. Nächte ohne Traum sind am erholsamsten. Ich kenne aber auch Nächte mit Träumen, die mich aus dem Gleichgewicht bringen, so schwer sind sie und so wenig entzifferbar. Oder ich träume von einem anderen Leben, und wenn ich dann aufwache, merke ich, dass ich gebunden bin an das, was seit Jahren dasselbe ist. Nur für kurz und immer mit Vorsicht verbrüdere ich mich mit anderen Truckern, deren Leben ich nicht kenne und auch nicht genauer kennenlernen will. Ich ahne so manches, ohne dass es ausgesprochen wird. Es ist ein Bündnis auf Zeit. Wir brauchen nicht viele Worte. Einigen misstraue ich, anderen erzähle ich Episoden aus meinem Leben. Ich habe Vollmondnächte erlebt, die mich alle Mühsal vergessen ließen. Am schönsten ist die Morgendämmerung. Dann gehe ich hinaus zu den anderen Schlaftrunkenen. Jeder hängt noch an irgendetwas, was ihm die Nacht gezeigt hat. Sehnt sich nach Ruhe, einer Frau, einem besseren Leben.

Hast du je Liebschaften gehabt?

Auch die eigene Tochter muss nicht alles wissen.

Und wenn du mich einmal mitfahren lässt?

Lass mir mein Refugium! Du kommst viel zu selten, und wir wissen nicht immer, wo du dich aufhältst und was du machst. Das Erbe hat dir mehr geschadet als genutzt. Reichtum macht träge, engt den Geist ein.

Ich bin nicht reich, aber ich habe eine eigene Wohnung und so viel auf meinem Konto, dass ich nicht ganztags arbeiten muss.

Du bist eine gut aussehende Frau. Willst du denn ein Kind?

Irgendwann. Welche Frau will das nicht? Ein Kind verändert.

Sie sieht hinüber zu dem alten Apfelbaum, der kaum mehr Früchte trägt, sieht sich kurz als Zweijährige in einem hellen Sommerkleidchen, die immer wieder einen Apfel aufhebt und glatt poliert. Lass sie liegen, sagt die Mutter in scharfem Ton. Sie sind sauer und nur für ein Gelee zu gebrauchen. Konstanze beißt trotzdem hinein, spuckt die Bitterkeit aus, ahnte schon als Kind etwas von dem, wofür sie noch keine Worte fand.

Meine schönste Zeit damals, sagt sie und wendet sich wieder ihrem Vater zu. Wenn du frei hattest und ich in der Schaukel saß, die oben in einem der Äste hing, hast du mich jedes Mal von der Angst befreit. Warum habt ihr die Schaukel nicht abgenommen?

Dieser törichte Wunsch, dass das eigene Kind einem für immer gehört. Kinder sind von Anfang an eigenständige Wesen. Du hast schon im Kindergarten damit angefangen, dich von uns zu entfernen, warst verträumt und kreativ. Bin ich denn ein guter Vater gewesen?

Du hast mich doch immer geliebt?

Das bleibt auch so.

Konstanze umarmt ihn, küsst ihn leicht auf beide Wangen.

Ein leiser Wind weht. Die Schaukel am Apfelbaum bewegt sich, wie von unsichtbarer Hand angestoßen, hin und her.

Der Ast wird irgendwann abbrechen, denkt sie. Dann wird meine Kindheit endgültig zu Ende sein. Ich habe Angst vor der Zukunft.

Die Mutter hat den Tisch abgeräumt, abgespült, rasch und geübt die alte Ordnung wiederhergestellt. Sie hält eine Tasche in der Hand, steht schon an der Tür.

Ich habe Verpflichtungen, sagt sie, und ihr zwei habt euch sicher noch viel zu erzählen. Die alte Vater-Tochter-Liebe, dagegen komme ich nicht an.

Sie verlässt die Wohnung, ohne sich noch einmal umzudrehen. Gekränkt wie immer, sagt der Vater, vielleicht sogar berechtigt. Wir zwei, du und ich, hatten immer eine besondere Beziehung, auch wenn ich häufig unterwegs war. Deine Mutter verausgabt sich in ihrem Mitgefühl, freut sich über das Glück anderer, als wäre es ihr eigenes, und trauert mit dem, der ihr bis ins Detail seine ganze Tragik erzählt. Sie tröstet, kann stundenlang zuhören, ohne zu ermüden. Ihr Drang, anderen zu helfen, ist geradezu krankhaft. Sie ist in ihrer Art aufdringlich, bigott, besessen von dem, was sie Nächstenliebe nennt. Der Tod findet nirgendwo Platz und nimmt doch soviel Platz ein, sagte sie einmal, als sie monatelang eine alte, an Demenz erkrankte Dame pflegte. Deine Mutter ist eine kluge, in allem gegensätzliche Frau.

Gegensätzlich bin ich auch.

Es stimmt. Aber nicht auf dieselbe Weise.

Er drückt sie an sich, voller Fürsorge. Seine Augen sind feucht.

Ich werde im Alter noch rührselig, sagt er. Fahr jetzt, sonst komme ich noch auf komische Gedanken.

Konstanze steigt ins Auto, winkt. Ich werde einen Teil meiner Kindheit mitnehmen. Ihr ganz zu entkommen, schafft keiner. Das ist ein Irrtum.

Während der Fahrt denkt sie an Eric, an die vielen Worte, die sie schon miteinander ausgetauscht haben, an das Theater.

Bretter, die die Welt bedeuten. Dieser Satz stimmt nicht. Real ist die Welt außerhalb der Bühne: Tragödien, Dramen, tödliche Konflikte. Im Theater wird lediglich das nachgespielt, was sich im wirklichen Leben ereignet.

Ein Liebhaber

Konstanze hat einen Liebhaber. Eric ist ein Theatermensch, ein Bühnenmensch, ein Wortmensch.

Getroffen hat sie ihn vor einigen Monaten im Stadttheater. Eric gehört zu denen, die im letzten Akt eines Dramas überzeugend sterben, beim Applaus wieder zum Leben erwachen, sich elegant verneigen, in die Runde blicken auf der Suche nach Anerkennung und Lob.

Konstanze ging eifrig ins Theater, mochte von Anfang an seinen außergewöhnlichen Akzent, seinen fast gezierten Gang, seine Eitelkeit. Wartete vor dem Eingang, bis er herauskam, in Gedanken noch ein anderer. Nach einigem Zögern lud er sie in eine Bar ein.

Er redete viel, war abwesend, dann wieder höchst konzentriert. Seine Pläne gingen weit über den Tag hinaus.

Aus der ersten Begegnung wurde rasch mehr. Das erstaunt sie noch heute. Was hatte sie ihm zu bieten? Kein abgeschlossenes Studium, Ideen, die nur gelegentlich zum Ziel führen, eine gescheiterte Beziehung, in allem zu wenig Ehrgeiz.

Es muss einen Grund gegeben haben, warum sich Eric für sie interessierte. Vielleicht ihre Bedeutungslosigkeit oder etwas ganz anderes. Sie will und muss es nicht herausfinden.

Eric gibt vor, wo und wann sie sich treffen. Konstanze passt sich widerwillig an. Im Umgang mit ihr ist er spöttisch, bisweilen gefühllos und roh. Dann wieder sanft und voller Leidenschaft.

Er ist alles für mich, denkt sie. Ich brauche ihn.

Ich bin nicht nur einer, sagt Eric, wenn sich Konstanze darüber beschwert, dass er nicht zuhören will und sich in einer Welt befindet, zu der sie nur selten Zugang hat. Ich bin Schauspieler.

Konstanze betrachtet erstaunt die vielen Plakate und Fotos an den Wänden seiner Wohnung,

C'est moi, sagt Eric. Aufnahmen von Theateraufführungen an verschiedenen Orten, zu verschiedener Zeit.

Das bist du, natürlich, und zugleich ein anderer. Das macht es auch so schwer, dich zu lieben. Ich weiß nie, welche Rolle mir mehr am Herzen liegt: Romeo, der Dorfrichter Adam oder der Vagabund Wladimir. Mit dir wird es nie langweilig.

Das nicht, aber auch nicht leicht.

Das Zusammenleben mit meinem ersten Freund war eine Übergangsphase, sagt Konstanze, mit dir sieht es nach Beständigkeit aus, ist alles anders. Ich interessiere mich plötzlich für das Theater, für die Bühnensprache, für komplizierte Handlungsabläufe.

In den Bühnenvorhängen, sagt Eric, sitzt der Verrat, der Meineid, das hohle Lachen des Mörders, die Liebe in ihrer absurdesten Ausprägung, der Dolchstoß, Lippenbekenntnisse, Hirngespinste, Blut. Jedes Theaterstück ist ein eigener, in sich geschlossener Kosmos, sichtbar in der Gestaltung des Bühnenbildes, der Gestik und Mimik des Schauspielers, vor allem in dessen Sprache. Die Wirklichkeit verdichtet sich.

Konstanze staunt. Wie du dich ausdrücken kannst. Ich habe mein Denken vernachlässigt. Das Leben mit dir ist eine Abfolge von Theaterszenen. Zum ersten Mal ist mir eine Rolle zugedacht. Eine Schriftstellerin hat einmal geäußert, es müsse Bühnenstücke geben, bei denen kein einziges Wort gesprochen wird, sondern nur die Präsenz des Schauspielers von Bedeutung sei.

Da brauchst du Überzeugungskraft, da muss dein ganzer Körper zur Sprache werden. Wichtig sind die Gestik, die Mimik, der Atem und natürlich die Kostüme. Es stimmt, Sprache kann von der Handlung auch ablenken, und trotzdem ist sie ein wesentliches Element.

Tage der Leichtigkeit, auch des Leichtsinns reihen sich aneinander. Als könnte ich nicht alt werden, denkt Konstanze. Ich bin jung und verdorben, anständig und hungrig nach außergewöhnlichen Erlebnissen, voller Lebenslust, als blieben mir für immer diese heißen, begierigen Tage.

Konstanze denkt weit voraus. Sie will zu einem Mann gehören, der nicht gedankenlos in den Tag hineinlebt.

Ich könnte bei dir einziehen, sagt sie zu Eric.

Bleib du in deiner Wohnung und ich in meiner. Ich brauche eigene vier Wände, das Selbstgespräch, meinen Dünkel, die Ruhe vor dem Sturm.

Dann haben wir keinen gemeinsamen Alltag?

Ein Zwischendurch wird dir genügen müssen. Wir nehmen beide viel Raum ein, das würde immer wieder zu Streit und Rechthaberei führen

Konstanze übt das Alleinsein, vertieft sich in ihr Kunst-Studium, besucht Vorlesungen, geht in Museen und Ausstellungen.

Ab und zu trifft sie eine Freundin, die glücklich verheiratet ist oder zumindest den Anschein erweckt und deren Kinder schon in die Schule gehen. Wenn du Kinder hast, sagt Ulrike, gehört dein Leben nicht mehr dir allein. Du trägst für sie, so lange sie klein sind, die volle Verantwortung, hast Ängste, unnötig oder sogar berechtigt, machst dir Sorgen um ihre Zukunft. Und wenn sie krank sind, musst du deine eigenen Wünsche und Bedürfnisse zurückstellen.

Konstanze hört nur halbherzig zu, ist mit ihren Gedanken längst bei Eric.

Ich will ein Kind von dir, sagt sie an einem Abend zu ihm, der dafür geeignet ist, heimliche Wünsche endlich auszusprechen. Ein Theaterkind, ein Bühnenkind, ergänzt sie, und dazwischen erfundenes Leben, erdichtete Figuren auf Brettern, die die Welt bedeuten, Dialoge und Monologe, die herausheben aus dem Alltag, der Wahrheit mehr oder weniger angepasst. Vorhang auf, Vorhang zu.

Ein Kind ist kein Statist, das Leben eines Kindes ist ein jagender Puls, sagt Eric. Als Vater wäre ich genauso unzuverlässig wie ich es als dein Geliebter bin. Ich muss frei sein für das Theater, vor allem für mich selbst.

Konstanze ist ernüchtert, begleitet ihn, wenn er einverstanden ist, zu seinen Theaterproben. Lernt Texte auswendig, ist ihm nahe wie nie zuvor.

Das Theater ist Leben, ist alles für mich, sagt Eric. Auf der Bühne bin ich ein anderer, benutze ich eine andere Sprache, bin ich an anderen Orten, außerhalb meiner selbst. Da kann ich das Alltägliche abstreifen, mich wegdenken von allem, was beschwert und einengt.

Du bist ein Fantast, dann wieder Realist. Ein Mann der Extreme.

Daran wirst du dich gewöhnen müssen.

Wenn Konstanze die eigenen vier Wände nicht mehr aushält, geht sie hinaus auf die Straße, erlebt das Gewohnte neu, bleibt immer wieder stehen. Ich wusste gar nicht, dass meine Stadt so attraktiv ist. Sie setzt sich in Parkanlagen, beobachtet vor allem die Kinder, hört sie schreien, lachen, toben. Das fehlt mir. Was fehlt mir noch? Ein abgeschlossenes Studium, eine Tätigkeit, die mich ausfüllt, Kollegen und Kolleginnen, mit denen ich nicht nur über die Kunst, sondern auch über den ganz normalen Alltag reden kann. Mein Vater, der mir mit Rat und Tat zur Seite stehen könnte. Mir fehlt so vieles.

Sie betrachtet Häuserfronten, schaut in Fenster hinein, erhascht dieses oder jenes Detail. Es ergibt kein Ganzes, denkt sie und geht wieder zurück.

Eine tragbare Zukunft, ein bescheidenes Glück. Vielleicht mit Eric.

So oft wie möglich hält sie sich in seiner Altbauwohnung auf, ist begeistert von den hohen, lichtdurchfluteten Zimmern, von den großen Fenstern, der Einrichtung, die aus wenigen, aber auserlesenen Möbeln besteht.

Konstanze folgt dem Schatten, der durch den Raum wandert, der lautlos über alles huscht, die Dinge ständig verändert. Und wenn sie auf dem Sofa liegt und die Stuckdecke betrachtet, entdeckt sie nicht nur Ornamente, sondern auch Tierköpfe, Menschengesichter, Fratzen mit einem furchterregenden Grinsen.

Was kannst du denn darin erblicken?, fragt sie Eric.

Das, was dargestellt ist: Ornamente, Putten, Rosetten.

Eric küsst Konstanze auf Mund und Wangen, verspricht nichts, dann wieder die Seligkeit.

Ich weiß nie, was du wann bist beziehungsweise sein willst: ein Ehebrecher, ein Königsmörder, ein Schwächling oder ein Heros. Deine Worte sind ein reißender Fluss. Sie nehmen alles mit, was keinen Widerstand leistet. Der Tod, der in vielen Theaterstücken thematisiert wird und als ständige Bedrohung auftaucht, müsste dich demütig machen.

Der Tod kommt und geht, genauso wie Gott. Vorhang auf: Gott erscheint in Frack und Zylinder. Vorhang zu: Er verschwindet wieder. Ich bin einer, der an seiner Existenz zweifelt, auch wenn er viele Jahrhunderte überdauert hat.

Nach längeren Diskussionen drängt es beide hinaus. Dann gehen sie Arm in Arm oder Hand in Hand durch belebte Straßen, enge Gassen, durch den Wald, durch taufrische Wiesen, am Rand ihrer eigenen Glückseligkeit entlang, gemeinsam und doch jeder für sich.

Sie reden und schweigen, trotzen dem Tod und feiern das Leben.

Konstanze besucht weiterhin ihre Vorlesungen, schreibt mit, überträgt zu Hause ihre Notizen, recherchiert im Internet. Ist nicht immer überzeugt von den Thesen und Interpretationsversuchen der Dozenten. Interpretationen sind willkürlich, denkt sie. Jeder ernsthafte Betrachter kann in ein Werk sein eigenes Leben oder zumindest einen Ausschnitt davon hineindenken. Ich folge lieber meinen Ideen als denen der Kunstdozenten.

Nach mehreren Absagen bekommt sie endlich eine Stelle als Praktikantin in einem Kunstverlag.

Ich will und ich will nicht, denkt sie. Es muss für mich noch etwas anderes geben.

Sie darf an Besprechungen teilnehmen, wird ab und zu sogar nach ihrer Meinung gefragt, erledigt kleinere oder größere Aufträge.

Die innere Leere ist vorübergehend verschwunden.

Seit längerer Zeit interessiert sie sich für Künstlerbiografien. Sie ist erstaunt darüber, wie Wahnsinn und Genialität, Schwäche und Vollkommenheit, Leidenschaft, Vision und Unvernunft nebeneinander existieren können.

Jedes Künstlerleben hat seine eigene Intimität, denkt sie. Was ich immer wieder neu erfahre, sind Brüche und Eigentümlichkeiten, Erfolg und Versagen, Untreue und eitle Selbstgefälligkeit.

Wieder einmal setzt sich Eric in Szene, zitiert lautstark, reißt Konstanze mit, ohne dass sie sich dagegen wehren kann.

Ich bin jeden Tag ein anderer, bisweilen sogar jede Stunde. Ich brauche diese erfundenen Leben, sagt er.

Und mein Leben? Erfunden oder wirklich?

Du bist meine Kammerzofe, Geliebte, Angebetete, Verabscheute, Gedemütigte, Geduldete, Partnerin in meinem einzigartigen Figurenkabinett.

Eric zieht sie fast gewaltsam an sich, küsst und umarmt sie.

Wo beginnt dein Bühnen-Ich? Wo fängt dein wahres Ich an?

Beide gehen ineinander über, sagt Eric mit ausladender Geste, bei Tag und bei Nacht, im Traum und im wirklichen Leben.

Ich habe Angst vor der Zukunft, sagt sie unvermittelt.

Er drückt sie wortlos an sich. Angst macht unbeweglich und unfrei, sagt er. Wenn es sein muss, springe ich von der Bühne, um dir nahe zu sein und dir zu helfen.

Sein Lachen ist laut und maßlos.

Öfter als sonst schaut Konstanze in den Spiegel: C'est moi. Noch keine Falten, keine Krähenfüße. Allerdings ein

Zug um den Mund, der mir nicht gefällt. Jeder Mensch hat ein Bühnen-Ich. Da bin ich keine Ausnahme. Es darf sich nur nicht verselbstständigen, sonst wird es zur Gefahr. Mein Vater ist immer wieder nahe daran, seine dunklen Geschichten für die pure Wahrheit zu halten. Du kannst mehr aus dir machen, sagte meine Lehrerin häufig zu mir. Was bedeutet das schon? Ich werde mein Kunststudium abschließen, und sobald ein Kind da ist, werde ich mich neuen Anforderungen stellen müssen.

Konstanze träumt vor sich hin. Meine Oma, eine weise Frau, hat immer von der Kostbarkeit der Tage gesprochen. Tage, sagte sie, sind dazu da, sie zu verschwenden, um sich zu verausgaben bis zur Erschöpfung. Sie hatte recht.

Wenn ihr Kopf voll ist von Bildern und nutzlosen Ideen, besucht sie Eric für drei oder vier Stunden, ihre schnelle, ausdauernde Liebe. Ein rascher Wortwechsel, ein hektisches Erzählen davon, was gestern und vorgestern gewesen ist.

Eric macht einen abwesenden Eindruck.

Jeder von uns spielt verschiedene Rollen, sagt er, und es kann vorkommen, dass manche die Wirklichkeit nicht mehr vom Theater unterscheiden können.

Es gibt keine Rolle, sagt Konstanze, die wirklich zu mir passt oder in die ich auf Dauer hineinwachsen könnte, zu fremd, zu weit abgerückt von meinem Wesen, meinen Bedürfnissen.

Vielleicht musst du dir noch Zeit lassen, um das zu finden, wonach du suchst. Heute Abend kommt übrigens ein guter Freund von mir auf Besuch, sagt Eric. Er ist Filmemacher. Mit ihm kannst du dich auch über Kunst unterhalten. Er ist sehr differenziert in seiner Auffassung.

Du hast mir nie von ihm erzählt.

Es gibt vieles, was du nicht weißt und auch nie erfahren wirst. Das kann mitunter entlasten.

Konstanze ist nervös, sieht dabei zu, wie Eric Gläser, eine Flasche Wein und Appetithäppchen hinstellt. Übermütig pfeift. Mehrmals auf die Uhr schaut: Er ist sonst immer sehr pünktlich.

Endlich läutet es. Eric springt wie ein Schuljunge die Treppen hinunter, umarmt Jürgen, geht mit ihm ins Wohnzimmer.

Jürgen ist kleiner als Eric, hat eine glatte Haut, ein ebenmäßiges Gesicht, ist lässig gekleidet. Er drückt Konstanze kräftig die Hand, schaut sie an und doch durch sie hindurch. Projekte, sagt er und seufzt.

Zieh erst deinen Mantel aus!

Sie setzen sich. Jürgen beginnt zu erzählen, von Drehorten, Schauspielern, die wenig begabt oder von sich eingenommen sind, von seiner Frau, die geduldig an seiner Seite ausharrt. Er erzählt ohne Punkt und Komma, trinkt ab und zu aus seinem Glas, schaut zwischendurch zum Fenster hinaus, als würde ihm eine der Filmfiguren zuwinken und zur Eile antreiben.

Noch einer, denkt Konstanze, der besessen ist von seinem Beruf. Sie sind nicht wirklich von dieser Welt.

Der Wein macht redselig. Eric und Jürgen tauschen ihre Jugenderinnerungen aus, wie sie Lehrer ausgetrickst und getäuscht, voneinander abgeschrieben, Mädchen zum ersten Mal geküsst haben, große Pläne für die Zukunft schmiedeten.

So kenne ich Eric gar nicht, denkt sie, ein Junge von einst wie alle anderen auch.

Weißt du noch, sagt Jürgen, wie ich dir die Lösungsaufgaben in Mathe hinübergeschoben habe?

Und ich habe dir Aufsätze geschrieben. Wir haben einander gestützt und hintergangen, geprügelt und verteidigt, wollten einmal sogar dasselbe Mädchen. Wir haben es viel zu spät gemerkt, dass sie längst einen anderen liebte. Wir können nicht immer stolz auf uns sein. Trotzdem ist etwas aus uns geworden, sagt Eric. Auf unser Wohl!

Und auf das Wohl deiner Freundin, ergänzt Jürgen. Jeder Film ist ein Risiko, sagt er, ich garantiere mit meinem gesamten Vermögen. Und wenn einer fertig ist, denke ich schon wieder an ein neues Projekt. Ganz misslungen ist mir noch kein einziger Film. Bis jetzt bin ich aber auch mit keinem so richtig zufrieden gewesen. Seit einigen Wochen drehe ich in einer alten Ruine. Eine verrückte Handlung, insgesamt nur drei Protagonisten, mehr möchte ich noch nicht verraten. In zwei Jahren dürfte er fertig sein. Im Durchschnitt arbeite ich vierzehn bis sechzehn Stunden am Tag. Wichtig ist ein zuverlässiges Team, das selbstständig denkt und eigene Ideen einbringt.

Konstanze folgt begeistert seinen Gedanken, wagt endlich, sich über die Kunst zu äußern. Leben und Kunst berühren einander, sagt sie. In einem gelungenen Gemälde ist nichts erstarrt. Da ist alles in Bewegung: der Mensch, die Landschaft, der Himmel.

Du hast eine kluge Freundin, sagt Jürgen zu Eric.

Obwohl sie manchmal launisch und träge ist, begeistert sie mich immer wieder mit ihren Gedankengängen.

Du lässt sie zu wenig zu Wort kommen.

Schaff dir eine eigene Welt, sagt Jürgen zu Konstanze, aus Wörtern oder Bildern, oder aus beidem.

Ich habe schon damit angefangen. Wenn du im Kopf Geschichten entstehen lässt, überlebst du, sagte mein Vater einmal zu mir. Natürlich wünsche ich mir, dass Eric besser zuhört, teilnimmt an dem, was nur zu mir gehört.

Sie trinken auf die Kunst, auf neue Ideen, auf das Reale und Irreale, auf die Zukunft. Jürgen und Eric verlieren sich in Fantastereien, werden kindisch, erzählen sich unanständige Witze, sparen nicht mit Schmeicheleien, werfen sich Grobheiten an den Kopf.

Eric gähnt. Ich habe einen anstrengenden Tag hinter mir, sagt er entschuldigend.

Ich auch, antwortet Jürgen. Wir können uns wieder treffen, vielleicht bei mir oder in einem der Lokale, wo wir beobachtet werden und beobachten können. Stammt dieser Satz nicht von einem der Surrealisten?

Konstanze nickt. Sie spürt etwas in sich, das sie Glück nennen möchte. Irgendwann gehöre ich mit dazu. Ich bin nicht mehr von Eric abhängig. Ich habe eigene Vorstellungen vom Leben, von der Kunst, von der Liebe.

Eric benutzt mit Vorliebe altmodische Bühnenwörter.

Du lebst nicht wirklich in unserer Zeit, sagt Konstanze.

Ich wechsle, sagt Eric, wenn nötig, die Epochen, übernehme das, was typisch und charakteristisch für jede einzelne ist. Die Zeit ist ein Strang, den du langsam oder schnell entlanggehen kannst. Du kannst hier oder dort einen Stopp machen, dich so lange in einer Epoche einhüllen, bis sie dir vertraut ist. Das Schauspiel geht weiter, wenn die Besucher das Theater wieder verlassen. Es wird fortgesetzt in ihrem eigenen Leben, mit anderen Requisiten, anderen Statisten, anderen Rollen, die vorher nicht erprobt sind.

Konstanze spricht über einzelne Kunstepochen, von Malern, die entweder in größter Armut lebten oder vom Adel hofiert wurden, die Drogen nahmen oder in die Einsamkeit flüchteten.

Manche sind früh gestorben, ohne ihre inneren Bilder nach außen sichtbar gemacht zu haben, sagt sie und ergänzt: Personen auf den Gemälden müssen für mich so sein, dass ich ihnen die Hand reichen möchte und zugleich Scheu davor habe, in ihre Nähe zu kommen. Auch Landschaften sollten so dargestellt sein, dass ich mich in ihnen aufhalten will und zugleich Angst habe vor der dort lauernden Gefahr.

Eric hört aufmerksam zu.

Unsere Beziehung wird stabiler, sagt er, umarmt und küsst sie. Sieht sie lange an, als sähe er sie zum ersten Mal.

Du lebst vom Wort, sagt Konstanze, vom Applaus, von dir selbst. Ich lebe mehr von Bildern, einer sinnvollen Zukunft, die es irgendwann für mich geben wird. Ich habe Pläne, vielleicht gehe ich für zwei Semester ins Ausland.

Eric liebt das Schöne und Teure: einen Pyjama aus Seide, edle Krawatten. Anzüge nach Maß.

Du gibst zu viel Geld aus, sagt Konstanze vorwurfsvoll.

Was kümmert es dich? Was ich verdiene, will ich auch ausgeben. Ein Mann in meinem Alter ist sich selbst verpflichtet.

Komm mit, sagt er. Ich zeig dir mein altes, verbrauchtes Leben. Meine Verwandten, meine Kindheitsträume, meine erste Liebe, den Himmel, der dort anders ist; Pfade, die nie einer gegangen ist außer mir; Bäume, Leitern, Scheunen, Schlupfwinkel. Ein kleiner Marktflecken, der langsam ausstirbt. Dort leben vorwiegend alte Leute. Es gibt eine Bäckerei, eine Metzgerei, einen Tante-Emma-Laden und viel Klatsch.

Konstanze lässt die Landschaft an sich vorbeiziehen, wünscht sich, immer nur unterwegs zu sein, nirgendwo einen festen Wohnsitz zu haben.

Vielleicht ist das ein Erbteil von meinem Vater, dem Lastwagenfahrer, denkt sie.

Aus einer lächerlichen Kleinigkeit entwickelt sich ein heftiger Streit. Sei endlich still, sagt Eric und klopft überreizt auf das Lenkrad. Konstanze erschrickt.

Ich habe eine andere Idee.

Eric wendet abrupt, fährt in die entgegengesetzte Richtung.

Wir besuchen Hugo. Er ist seit zwanzig Jahren Schreinermeister. An der Hobelbank sterben. Das ist es, was er möchte. Er führt eine solide Ehe und ist ein äußerst besorgter Opa für seine Enkel. Sobald sie in meine Werkstatt kommen, sagte er einmal zu mir, lasse ich alles liegen und stehen. Er hat viel für die beiden gemacht, sogar ein Baumhaus.

Hugo ist in seiner Werkstatt, ein breitschultriger Mann mit einem zufriedenen Lächeln, in Arbeitskleidung und auf dem Kopf eine Schirmmütze. Auf den ersten Blick ist zu erkennen, dass penible Ordnung herrscht, alles seinen Platz findet. Überall ist Sägemehl, in den Ecken Holzstapel, Teile von Möbeln, ein angenehmer Geruch nach Harz.

Du, sagt er erstaunt, als Eric das große Tor zur Seite schiebt und näherkommt. Wir haben uns lange nicht mehr gesehen. Ich dachte schon, du hast ein Engagement im Ausland angenommen.

Das kann noch werden.

Meine Freundin, sagt Eric und zeigt dabei auf Konstanze.

Es wurde Zeit. Alle aus deinem Freundeskreis sind schon verheiratet. Du warst der einzige Eigenbrötler. Wollt ihr sehen, was ich gerade anfertige? Ein Bett aus Eichenholz ohne Metall. Ich gehe mit dem Kunden zum Holzhändler, bespreche mit ihm bis ins Einzelne seine Vorstellungen. Das kann mitunter schwierig sein. Manche haben extravagante Wünsche, die allerdings nicht zu teuer sein dürfen.

Er zeigt Fensterrahmen, einen Tisch, eine Kommode, streicht behutsam über das Holz, erklärt, erzählt ein paar Episoden aus dem Leben seiner Enkel. Sie sind drei und vier Jahre alt. Ich bin ein leidenschaftlicher Opa.

Und deine Söhne?

Sie sind bei einem Kunden. Meine Enkel Ferdinand und Max sind noch im Kindergarten, sagt er bedauernd. Ich hätte sie euch gerne vorgestellt. Meine Frau ist bei einer Freundin. Ihr habt euch ja nicht angemeldet, aber auf ein Glas Sekt oder Bier kann ich euch natürlich einladen. Kommt mit!

Der Flur ist eng und dunkel, die Küche aufgeräumt und sauber. Auf dem Tisch liegt eine blütenweiße Tischdecke, darauf steht eine Kristallvase mit einem etwas dürftigen Blumenstrauß.

Wir wollen beide keine Unordnung. Das war schon immer so.

Er schenkt ein. Worauf trinken wir?

Auf unsere Zukunft.

Meine ist hier, sagt Hugo,

Und meine im Nirgendwo.

Und deine?, fragt er Konstanze.

Konstanze zögert. Das wird sich noch herausstellen.

Eric erzählt von seinen Engagements, von Zukunftsplänen. Hugo von seiner Familie, von Handwerksmessen und privaten Reisen.

Ich bin mehr für das Handwerk, sagt Hugo, und du bist mehr für das Geistige. Das Theater war schon damals deine große Leidenschaft. Wir sind am liebsten zu Hause. Warum in der Ferne das Glück suchen?

Er hat eine leise, angenehme Stimme, ist beim Erzählen höchst konzentriert. Hugo ist ein Mann, an den sich eine Frau schnell gewöhnen kann, denkt Konstanze: unaufdringlich, aufmerksam, präsent, seine Wörter einfach, seine Ordnungsliebe übersteigert.

Ein Nachmittag, der anders ist. Leicht und unverbindlich.

Nach zwei Stunden drängt Eric zum Aufbruch. Ich muss noch einige Textpassagen auswendig lernen.

Der Abschied ist herzlich. Eine kurze Umarmung, gute Wünsche, ein Winken bis zur Straßenkreuzung.

Hugo gehört zu den Menschen, sagt Konstanze zu Eric, die ein Leben lang anständig bleiben, die weder etwas vorantreiben noch etwas verhindern, die gut sind, weil das Gutsein zu ihrem Wesen gehört, ihnen anhaftet wie ein Etikett; die sich keine revolutionären Gedanken leisten wollen. Ein Tisch bleibt für Hugo ein Tisch, und ein Stuhl bleibt ein Stuhl.

Das Unterwegssein macht Konstanze mutig: Ich könnte mir ein Zimmer bei dir einrichten, sagt sie. Deine Wohnung ist groß genug.

Eric hält augenblicklich an, sieht sie entsetzt an.

Das ist unmöglich, zwischen dir und mir sind zu viele Worte. Ich bin nicht nur ein Idiot, ich bin auch ein Egoist.

Du deckst mich zwar mit deinen üppigen, wohlgeformten Worten zu, ohne mir jedoch mein Ich zu nehmen. Du tastest jedes einzelne Wort ab, genießt es auf der Zunge. Das gefällt mir. Weißt du noch? Am Anfang unserer Beziehung habe ich dich darum gebeten, ein außergewöhnliches Wort oder einen poetischen Satz zu wiederholen. Das waren Momente für die Ewigkeit. Ich übertreibe.

Sie wagt sich noch einen Schritt weiter: Und wenn wir erst ein Kind haben …

Eric lässt sie nicht ausreden.

Nichts werden wir haben, was uns auf Dauer aneinander binden könnte.

Das Gespräch verstummt. Jeder hängt während der letzten Strecke seinen eigenen Gedanken nach. Ich werde nicht aufgeben, denkt Konstanze. Sobald ich schwanger bin, wird unsere Beziehung tragfähiger. Davon bin ich überzeugt.

Sie streicht über ihren Bauch, ist der Zeit weit voraus.

Jedes Mal, wenn der Streit zwischen beiden seinen Höhepunkt erreicht, Eric nicht mehr Herr seiner selbst ist, schiebt er alle Möbel zur Seite.

Setz dich, sagt er gebieterisch zu Konstanze, und hör mir zu. Achte dabei auf jede einzelne Bewegung und jedes Wort.

Das Wohnzimmer wird zur Bühne. Er tänzelt, strauchelt, umgreift die Welt mit seinen Armen, wird laut, dann wieder leise, wischt sich den Schweiß von der Stirn, ist unerreichbar.

Er nimmt einen Stuhl, rückt ihn in die Mitte, stellt sich darauf, ist König über die ganze Welt, diktiert ihr seine eigenen Gesetze. Seine Worte gehorchen, fließen aus seinem Mund, werden selbstständig, sind entweder voller Zorn oder voller Sanftmut.

Konstanze wird klein und demütig, staunt, sieht mit Ehrfurcht zu ihm hoch. Maestro, sagt sie. Du bist der Größte. Ich habe mich übernommen. Die Welt ist eine große Bühne, und ich habe mir nur eine bescheidene Statistenrolle zugedacht. Das ist zu wenig.

Nach seinen Auftritten, wie er es nennt, führt er sie ins Schlafzimmer, betäubt sie mit seiner Begierde, raubt ihr das Innere, nimmt es in Besitz. Sättigt sie.

Das Leben ist eine Tragikomödie, sagt sie, wenn sie noch in seinen Armen liegt.
Die Komödie überwiegt, sagt Eric.

Das Fieber kam über Nacht. Konstanze friert.
Was ist los mit dir?, fragt Eric, legt seine Hand auf ihre Stirn. Du glühst, sagt er, holt ein Handtuch, taucht es in kaltes Wasser. Das wird vorbeigehen.
Er setzt sich auf den Bettrand, flüstert ihr Liebesworte ins Ohr. Du bist mir wichtig, sagt er. Ich brauche dich. Ich habe mich an dich gewöhnt.
So kenne ich dich gar nicht.
Keiner kennt den anderen wirklich. Vorhang auf, Vorhang zu, dazwischen das wahre Leben. Er liest ihr Passagen aus einem neuen Theaterstück vor.
Deine Worte überfordern mich. Ich kann meine Träume nicht mehr berühren, sagt Konstanze.
Sie deutet erschrocken auf die Decke. Dort sind sie, die Ungeheuer, die Bösewichte, die Fratzengesichter. Sie wollen mir Schlimmes antun.
Ich werde es verhindern.
Eric droht mit der Faust, fuchtelt herum, beruhigt, lacht. Alter Stuck, sagt er, das Haus ist über hundert Jahre alt. Es atmet eine längst vergangene Zeit.
Es hat geklopft, sagt Konstanze, ich habe Angst. Die Türe nicht öffnen, nicht jetzt und nicht später.
So lange ich bei dir bin, wird keiner eintreten und dir schaden können.
Etwas ist zu viel, sagt der Arzt, der Puls, der Herzschlag. Die Ruhe fehlt. Ihre Partnerin will offensichtlich mehr, als Sie ihr geben können oder wollen. Oder sie überfordert sich selbst. Sie braucht Bettruhe, vor allem Schlaf. Bleiben

Sie in der Nähe. Erzählen Sie ihr Geschichten, die sie ablenken. Die Medikamente, die ich ihr verschreibe, sollte sie regelmäßig einnehmen.

Konstanze gesundet. Hat viele Pläne.

Ich kann sie verwirklichen, sagt sie.

Seit ein paar Wochen arbeitet sie regelmäßig in einem Antiquariat bei einer älteren Dame, die von Bücherstapeln umgeben ist, kaum darüber hinausschauen kann.

Wie es dazu kam? Ein Zufall?

Konstanze ging vor längerer Zeit durch ihr Viertel, unruhig und orientierungslos. Sie betrachtete Schaufenster, Balkone, Brüstungen, Passanten, stand eine Weile vor einem Blumenladen. Das Schöne täglich in die Hand nehmen, dachte sie, auch wenn es nur kurzlebig ist.

Auf der gegenüberliegenden Straßenseite war ein Antiquariat. Sie las erstaunt das abgenutzte Messingschild, ging hinüber, sah neugierig durch die Scheibe: altes, aber solides Mobiliar, stabile Leuchten, die Wände in einem fast schmutzigen Grün. An drei Seiten Regale voll mit Büchern bis zur Decke. Es gibt sie immer noch. Läden, die sich nicht überlebt haben.

Sie stöberte eine Weile in der Bücherkiste, die vor dem Eingang stand, fand zwei Romane, die sie interessierten, ging hinein, zahlte, kam mit der Besitzerin rasch ins Gespräch.

Alles ungeordnet, sagte sie, aber ich weiß, wo jedes Buch zu finden ist. Das glaubt mir keiner. Seit vierzig Jahren bin ich jetzt hier. Das Haus ist alt, ich bin es auch. Wir passen gut zusammen, bilden sozusagen eine Einheit. Und Sie?

Ich studiere Kunst, lese Bücher, gehe häufig ins Theater. Außerdem habe ich eine Praktikumsstelle in einem Verlag.

Nach einem längeren Gespräch sagte Frau Kühn: Sie gefallen mir. Möchten Sie nicht einige Stunden in der Woche bei mir arbeiten? Mir wird es allmählich doch zu viel.

Wenn Sie so lange warten wollen, bis ich mein Praktikum abgeschlossen habe?

Frau Kühn hat viele Falten, schlohweißes Haar, ist klein und wendig. Sie will reden, das merkt Konstanze.

Ich habe meinen einzigen Sohn verloren, sagt sie und schiebt fast verlegen einen Bücherstapel von links nach rechts. Mein Mann starb vor fünf Jahren.

Und Sie sind nicht verbittert?

Ich habe mich hinter Büchern versteckt, um zu überleben, und erhole mich, wenn auch nur kurzfristig, indem ich Werke von bedeutenden Schriftstellern lese. Auch durch das Betrachten von Bildern komme ich ins Gleichgewicht. In manchen Gemälden entdecke ich einen Teil meines eigenen Lebens und das, was darüber hinausgeht, die ganze Welt, den Kosmos.

Sie sind eine kluge Frau.

Vielleicht stimmt es sogar. Das Leiden kann verhärten oder weise machen, das Herz weiten oder einengen.

Konstanze vereinbarte mit ihr, sie jeden Samstag für je vier Stunden zu unterstützen.

Sie können die Kunstbände und die Künstlerbiografien übernehmen. In die Literatur werden Sie sich hineinfinden. Wichtig sind Höflichkeit und ein Gespür dafür, was der Kunde möchte und wo ein Rat nötig ist. Ihm nur nichts aufzwingen.

Frau Kühn bot ihr rasch das Du an. Du musst deine eigene Methode entwickeln. Ich möchte dir da nichts vorschreiben.

Konstanze begann damit, die Bücher zu ordnen, zu systematisieren, Fernbestellungen zu verpacken und auf die Post zu bringen.

Sie trägt mit Bleistift die Preise in die neu erworbenen Bücher ein. Wenn Zeit bleibt, schmökert sie in dem einen oder anderen, liest ein paar Seiten, blättert in alten Kunstbänden.

Die Bilder sind vergilbt, denkt sie, haben dadurch eine noch größere Ausstrahlung. Auf den Gesichtern liegt ein matter Glanz. Die Landschaften sind weich, fast verwischt. Ich weiß noch viel zu wenig, muss mich noch intensiver mit den jeweiligen Kunstepochen auseinandersetzen.

Sie betrachtet die einzelnen Kunden, wie sie ein Buch in die Hand nehmen, darin lesen, es wieder zur Seite legen oder kaufen. Gelegentlich empfiehlt sie einen Kunstband, einen Roman oder Erzählungen, erlaubt sich ein kurzes oder längeres Gespräch.

Wozu brauche ich ein Studium?, sagt sie zu Frau Kühn. Mein Platz könnte auf Dauer hier sein.

Da bin ich mir nicht sicher.

Wieder in ihrer Zweizimmerwohnung hängt Konstanze neue Bilder an die Wand, betrachtet sie eine Weile, verliert sich in ihren eigenen Gedanken. Ich werde Vater einen Brief schreiben.

Lieber Vater,

vermutlich bist du gerade unterwegs, in deinem Inneren eine Vielzahl von Geschichten. Du bist müde von den eintönigen, anstrengenden Touren, schweigsam, sobald du zu Hause bist. Mutter wird es gar nicht merken. Sie ist auf ihre Weise genauso abwesend wie du.

Ich habe einen riesigen Schritt nach vorne getan. Ich lasse mich nicht mehr einschüchtern, bin längst auf Augenhöhe mit Eric. Er fordert mich heraus, Stellung zu beziehen, mich zu wehren. Ich halte nicht immer stand, weil ich ihn nicht verlieren möchte. Er hat mir eine ganz andere Sicht auf die Welt eröffnet, zeigt mir neue Aspekte, die ich vorher nicht kannte. Eric ist und bleibt ein Theaternarr, egoman, liebenswürdig, hin und wieder gehässig, fast bösartig. Kein ausgeglichener Mensch, das wäre auch nicht vereinbar mit seiner Theaterleidenschaft.

Seit einiger Zeit habe ich eine Praktikantenstelle und arbeite nebenbei in einem kleinen Antiquariat. Das entspricht mir. Du gehörst zu denen, die keine Bücher lesen, wendest dich dem Leben direkt zu. Ich brauche immer wieder diese Umwege, damit ich mein eigenes Leben überdenken kann. Das, was ich auf der Straße beobachte oder höre, ist flüchtig und schnell aus meinem Gedächtnis verschwunden. Ich möchte Kinder großziehen, allerdings weiterhin bei Frau Kühn arbeiten. Sie ist erfahren, voller Lebensweisheit und Weitsicht. Sie sieht in mir eine Tochter. Vielleicht deshalb, weil ihr Sohn früh gestorben ist. Wir führen lange, tiefsinnige Gespräche. Es gibt kaum etwas, worüber sie nicht Bescheid weiß. Sie ist selbstständig in ihrem Gedankengut, ohne um sich selber zu kreisen.

Besuch mich, aber ohne Mutter! Ich zeige dir meine Stadt, meine Lieblingsorte, die schönsten Museen, verschwiegene Caféhäuser, mein Zuhause. Alles das, was du sehen möchtest und was dich ein wenig von deinem anstrengenden Beruf befreien kann. Vielleicht willst du auch nur in meiner Wohnung sitzen, nachdenken, erzählen, hinausschauen, um mehr zu beobachten als die anderen.

In Verbundenheit Deine Konstanze

Eric gewöhnt sich an Konstanze und Konstanze an Eric.

Ihre Fragen beantwortet er meist bereitwillig, außer er lernt eine neue Rolle, die ihm wenig Zeit und Raum lässt für etwas anderes.

Konstanze geht durch die einzelnen Zimmer seiner Wohnung, schaut zum Fenster hinaus, betrachtet die Bäume, die Häuser, die Leuchtreklamen.

Du wohnst sicher schon länger hier.

Seit ich am Stadttheater engagiert bin.

Eine bessere Wohnung hättest du nicht finden können: drei große Räume, hohe Fenster, ein schöner Ausblick, an der Decke bemerkenswerter Stuck. Ein alter Parkettboden. Wenig Möbel. Auffallend ist das rote Velourssofa.

Von einer Großtante, ich musste es aufpolstern lassen. Das war sehr teuer, aber ich wollte es unbedingt. Wir haben uns gut verstanden und die meisten Gespräche auf diesem Sofa geführt. Sie war genauso begeistert vom Theater, wie ich es bin.

Du hast viel Platz für dich allein.

Den brauche ich. Außerdem den Staub von Jahrzehnten, der sich überall eingenistet hat.

Der Stuck hat feine Risse.

Auch dein und mein Leben. Ich fange an, dich so zu lieben, wie du bist.

Hast du Vorbilder?

Das Wort entspricht mir nicht. Jeder Schauspieler hat seine eigene Stimme, seine eigene Interpretation der jeweiligen Rolle, seinen eigenen Atem. Es gibt ohne Zweifel eine Reihe großer Schauspieler. Mein Vater gehörte dazu. Er war besessen vom Theater, hatte geradezu einen dämonischen Spieltrieb. Um ihn herum und in ihm war so viel Spannung, dass andere sie kaum aushielten. Er konnte cholerisch, dann wieder gelassen und zuvorkommend sein. Für mich ist er immer noch präsent.

Und wie hat deine Mutter seine Art ausgehalten?

Es gab natürlich Konflikte. Häufig trank er zu viel, aber sein Geist blieb wach und je mehr er trank, so schien es mir, desto lebendiger wurde er. Er starb mit dreiundfünfzig Jahren an einer Blinddarmentzündung. Ich war damals acht Jahre alt. Er hätte noch viele Rollen spielen können. Die Königsdramen von Shakespeare haben ihn besonders interessiert.

Und wenn du eine davon spielen würdest?

Manche Rollen sind zu groß für mich. Ich möchte nicht das Abbild meines Vaters werden. Sein Schatten ist immer noch zu mächtig. Ich bin nicht so begabt wie er. Deshalb gehe ich mit meinem Egoismus nicht bis an die äußerste Grenze. Meine Figuren brauchen länger, bis sie ans Licht kommen. Manches verdämmert, hat zu wenig Struktur. Bei meinem Vater war alles klar, deutlich, bedrängend. Ich bin mit Theaterworten aufgewachsen. Meine Mutter war Souffleuse. Wer weiß, was sie ihm zugeflüstert hat, damit er sich in sie verliebte. Vielleicht war es auch umgekehrt.

Und warum besuchst du sie nicht? Lade sie doch ein! Ich würde sie gerne kennenlernen.

Sie lebt fast nur noch in der Vergangenheit. Wir haben uns in den letzten Jahren immer mehr voneinander entfernt.

Wenn es langsam dämmert, die Nacht hereinbricht und Konstanze auf dem Sofa sitzt, sucht sie nach Farben, nach einem Gold, einem seltenen Kupferton, einem gesprenkelten Weiß, einem verschleierten Grau.

Es gibt keine absolute Dunkelheit, sagt sie und schaut zum Fenster hinaus. Sterne leuchten. Auch die Nacht hat eine Farbe. Vor Jahren las ich von einem Maler, der von sich behauptet, dass er seine Bilder nur in der Dunkelheit male und betrachte. Dann strahlen sie ein besonderes Licht aus, sagt er, philosophiert über die Farbe Schwarz, spricht über Gott, der nicht nur in dunklen Farben, sondern vor allem in der Dunkelheit sichtbar wird. Im Dunkeln zeigt sich das Unsichtbare, behauptet er. Ein Gedanke, der mir gefällt. Die blendende Sonne verdirbt jede Farbe, verändert den Blick auf das Wesentliche.

Du überrascht mich immer wieder mit deinen klugen Gedanken, sagt Eric. Er tanzt durch den Raum, ist irgendwo.

Ich muss mich auf meine Theaterrolle vorbereiten.

Dann ist es besser, dass ich jetzt gehe.

Eric gibt keine Antwort, sagt Sätze vor sich hin, die erhaben sind, unwirklich und voller Poesie, verabschiedet sich kurz, ist schon wieder ein anderer.

Konstanze bleibt für einige Tage allein. Ich habe meine Kontakte vernachlässigt, denkt sie, mich zu sehr auf Eric eingelassen. Das muss sich ändern. Und wenn ich Jürgen unangemeldet besuche? Vor seiner Türe stehe und sage: Hier bin ich.

Sie zieht sich an, frisiert sich sorgfältig, verwendet einen passenden Lippenstift, ein wenig Rouge. Das alles hatte ich mir längst abgewöhnt.

Auf der Straße beobachtet sie Menschen, die an ihr vorbeihasten. Die Zeit reicht kaum, um ihre Mimik und ihre Gestik deutlicher wahrzunehmen, denkt sie. Wie Figuren in einem Film. Auch ich bin nur eine Figur in einem Spiel, das sich Leben nennt, nicht mehr, nicht weniger. Ich interessiere mich für vieles, beherrsche mehrere Rollen, die bedeutend oder völlig belanglos sind. Bleibe meist unbeachtet, weil mir die Bindung an andere fehlt.

In einem ihrer Lieblingscafés trinkt sie einen Cappuccino, sieht sich die Gäste in ihrer Nähe genauer an. Sie in ein Gespräch verwickeln, denkt sie, ihnen das nehmen, was nicht echt und nicht von Dauer ist, sie dadurch in Verlegenheit bringen.

Nach einer halben Stunde verlässt sie das Café. Ich werde Frau Kühn besuchen. Das ist sinnvoller. Regisseure haben wenig Zeit. Für mich sowieso nicht.

Frau Kühn steht auf der Leiter, nimmt an der obersten Regalreihe einen Band heraus.

Vorsicht, ruft Konstanze, du bist leichtsinnig.

Ich bin darin geübt.

Gib mir das Buch!

Ich brauche keine Hilfe.

Sie steigt leichtfüßig hinunter. Seneca, sagt sie. Es freut mich, wenn auch jüngere Kunden daran Interesse finden. Und du?

Ich habe noch nichts von ihm gelesen.

Manche Stellen habe ich mir herausgeschrieben. Einige kann ich auswendig. Ich möchte dich damit aber nicht überfordern.

Ihr geübter Blick streift die Regale. Es müsste noch eine ganz alte Ausgabe geben. Lass mir ein wenig Zeit.

Sie setzt sich, schaut Konstanze eine Weile schweigend an. Du wirst dich sicher schon gefragt haben, ob ich von diesem kleinen Antiquariat leben kann. Nur deshalb, weil ich von meinem verstorbenen Mann eine Pension bekomme. Er war Beamter im höheren Dienst. Bei manchen fängt ganz früh das Sterben an, wie bei meinem Sohn. Bei manchen ganz spät das Leben. Wie bei meinem Mann Bruno. Er hat nicht richtig zu leben verstanden. Er ist über vieles gestolpert, was es nicht wert gewesen ist, hat seine Kräfte mit Nebensächlichkeiten verbraucht. Mein Sohn dagegen fing schon nach der Geburt das Sterben an.

Konstanze wagt endlich die Frage: Und woran ist er gestorben?

An einer tückischen Erbkrankheit. Davon haben mein Mann und ich gewusst. Und trotzdem wollten wir Kinder.

Sobald ein Kunde eintritt, vergisst sie Konstanze, ist sie nur mehr Geschäftsfrau.

Das musst du lernen, da zu sein, für jeden, auch für diejenigen, die einfältige Fragen stellen oder nur aus Langeweile zu mir hereinkommen.

Nach einer Stunde verabschiedet sich Konstanze, sieht noch einmal in das traurig-heitere Gesicht von Frau Kühn, überlegt, hat eine Frage auf den Lippen, verzichtet darauf, sie zu stellen, geht hinaus.

Eric beherrscht mehrere Sprachen und wenn er zwischen sich und Konstanze eine Grenze setzen will, wechselt er rasch von einer Sprache zur anderen. Er lacht, flucht, weint, wütet, baut Mauern auf, die kaum zu überwinden sind, telefoniert stundenlang mit Menschen, die Konstanze nicht kennt, gestikuliert, benimmt sich so, als wäre ständig eine Gruppe von Menschen um ihn herum.

Was erzählst du ihnen? Ich verstehe das meiste nicht. Das willst du doch?

Ja, das will ich so.

Und warum?

Nicht jedes Warum braucht eine Antwort. Ich bin ein glücklicher Mensch, sagt Eric.

Das merke ich nicht immer.

Glück ist kein Dauerzustand. Es hält nicht an, taucht unerwartet auf, verschwindet wieder, ändert ständig die

Farbe, den Geruch und Geschmack, bläht sich auf, duckt sich, erhebt sich, wird groß, dann wieder klein und bedeutungslos.

Ich bin eine Durchschnittsfrau und du bist mehr als der Durchschnitt. Das muss sich ändern. Ich will nicht immer nur zu dir aufschauen. Ich will auch, dass du zu mir aufschaust. Meine Mutter hat mich zum Anstand erzogen auf Kosten eigener Ideen. Anstand engt ein, duldet keinen Wildwuchs, verbietet alles und jedes, macht unbeweglich, führt oft zu einem gezierten Verhalten. Und wenn wir heiraten?, sagt sie und sieht ihm dabei direkt ins Gesicht.

Nur nichts überstürzen.

Wir kennen uns seit mehr als zwei Jahren. Eine Bekannte von mir hat zwanzig Jahre auf den Heiratsantrag ihres Mannes gewartet.

Eine sichere Methode, um alt und grau zu werden.

Konstanze besucht ihre Eltern, merkt, wie sie sich ihrer Mutter immer mehr entfremdet, Partei ergreift für einen Vater, der müde und resigniert ist. Sie lässt sich kaum auf ein längeres Gespräch ein, begnügt sich mit Randbemerkungen, will die Eltern nicht teilhaben lassen an ihrem wirklichen Leben. Sie hört nur halbherzig zu, was ihre Mutter von Nachbarn berichtet, von ihren Besuchen bei Kranken und Alleinstehenden.

Die Mutter ereifert sich, gestikuliert, will gar nicht mehr damit aufhören, geht ins Detail, genießt die Rolle derer, die viel erlebt und mitten im Leben steht, die alles besser weiß, sich über andere ein strenges Urteil erlaubt, Maßstäbe setzt.

Gehst du immer noch so leichtfertig mit deinem Leben um?, fragt sie und sieht Konstanze dabei herausfordernd an.

Nach deiner Vorstellung vielleicht. Eric hat eine andere aus mir gemacht. Hat mich zum Wort hingeführt, zum Theater.

Und deine Fürsorge für andere?

Mein Leben lässt sich mit deinem nicht vergleichen.

Du solltest wenigstens ab und zu gut gemeinte Ratschläge annehmen.

Du meinst von dir?

Mutter sieht sie prüfend an: Ich habe ausreichend Lebenserfahrung. Das darfst du nicht vergessen. Aber die junge Generation ist schon immer klüger gewesen. Das wird sich auch nicht ändern.

Vater schweigt. Er will sich nicht einmischen in das Gespräch zwischen Mutter und Tochter, den Spalt zwischen sich und seiner Frau nicht unnötig vergrößern.

Du bist längst eine andere, sagt er nach längerer Pause zu Konstanze.

Manchmal verliere ich mich.

Mir geht es genauso.

Beim Kaffeetrinken hängt jeder von ihnen seinen eigenen Gedanken nach.

Willst du den restlichen Kuchen mitnehmen?, fragt die Mutter und räumt den Tisch ab.

Danke! Ich habe zugenommen. Außerdem … Sie lässt den Satz unvollendet.

Der Abschied ist wie immer kurz, fast verlegen.

Es gibt nichts mehr zu sagen.

Komm bald wieder, sagt der Vater zum Abschied.

Ein einsamer Mann, denkt Konstanze, umarmt ihn, gibt der Mutter die Hand, sieht ihr dabei nicht direkt ins Gesicht.

Sie bleibt Erics Geliebte.

Ich brauche dich, sagt sie immer und immer wieder.

Wenn du da bist, fühle ich mich nicht unbedingt eingeengt, frei bin ich allerdings nur dann, wenn du wieder gehst, sagt er. Ich genüge mir selbst.

C'est toi, sagt Konstanze, wenn sie die Foto-Porträts betrachtet, die an der Wand seines Wohnzimmers hängen.

Das bist du und doch ein anderer. Das macht es für mich so schwer, dich zu lieben, und auch so leicht. Ich frage mich immer häufiger, ob ich einem Phantom hinterherjage oder ob ich einem Menschen aus Fleisch und Blut nahe bin.

Jeder ist auf seine Weise ein Phantom.

Ich will auf Dauer nicht in deinem Kielwasser schwimmen.

Das musst du auch nicht.

Eric betrachtet sich lange im Spiegel, dreht sich nach allen Seiten. Schauspieler sind von Spiegeln besessen, sagt er.

Und sonst?

Von Rollen, die sie nicht bekommen, von Frauen, die ihnen nicht gehören. Von Texten, die sie nicht mehr loslassen.

Hör auf damit!

Mit der Wahrheit?

Du redest zu viel, gestikulierst zu viel, du hast in allem zu viel. Als würdest du immer auf der Bühne stehen oder kurz vor einem Auftritt.

Eric betäubt sie mit seiner egoistischen Liebe. Sie wird davon satt für zwei oder drei Tage, ist längst von ihm abhängig.

Dann taucht er doch wieder auf, der Satz: Und wenn ich erst ein Kind haben werde. Er bleibt nicht mehr in der Luft hängen, haftet endlich am Boden, verändert den Gesichtsausdruck von Konstanze, ordnet ihre Bewegungen, bestimmt ihr Gefühl, ihre Worte.

Eine Freundin hat einmal geäußert: Ein Haus ohne Kinder ist ein unbewohntes Haus, sagt sie unvermittelt zu Eric.

Bewohnt ist ein Haus dann, wenn Menschen darin leben, egal wie viele, ob jung oder alt, schön oder hässlich, spröde oder gefällig, antwortet Eric. In der Liebe stören die Kinder nur und vor allem dann, wenn sie größer werden, die Schwächen der Eltern durchschauen, wenn ihre Gedanken sich überstürzen, wenn alles wegrutscht, was sich jahrelang bewährt hat.

Das stimmt nicht ganz.

Konstanze sieht ein Kind vor sich, vollkommen in seiner Art, ein Theaterkind mit Worten, die keiner sonst kennt oder benutzt.

Sie distanziert sich von Eric, arbeitet regelmäßig im Antiquariat, besucht Vorlesungen, telefoniert häufig mit ihrem Vater, überlässt sich einem Zustand, der neu und unbekannt für sie ist.

Ich bin eine andere, denkt sie. Die Blutung ist seit zwei Monaten ausgeblieben. Ich muss zur Gynäkologin. Ich brauche Gewissheit.

Nach langem Zögern lässt sie sich einen Termin geben, geht wie eine Fremde durch die Stadt, bleibt an Geschäften für Kinderkleidung stehen, überlegt, geht weiter. Im Wartezimmer setzt sie sich neben Frauen, die glückselig ihre Hände auf den Bauch legen, als könnte ihnen das noch Ungeborene abhanden kommen.

Die Ärztin, eine füllige, freundliche Frau, begrüßt sie wie eine gute Bekannte, hat auf dem Schränkchen Kinderfotos stehen.

Sind das Ihre eigenen?

Ja, sieben und neun Jahre alt. Zwei Jungen.

Konstanze denkt voraus, sieht sich am Spielplatz sitzen, umringt von Kindern und eifrigen Müttern, summt leise ihre Lieblingsmelodie, denkt an Eric.

Sie sind schwanger, sagt die Ärztin nach einer gründlichen Untersuchung. Im zweiten Monat.

Konstanze sieht sie erschrocken an. Ich wollte schon lange ein Kind und jetzt habe ich davor Angst.

Sie haben noch viel Zeit, sagt die Ärztin, sich an das neue Leben zu gewöhnen. Sorgen Sie dafür, dass die Freude überhandnimmt und die Angst schwindet. Lassen Sie es ruhig heranwachsen, das kleine Wesen! Unternehmen Sie das, was Sie glücklich macht und innerlich befreit. Meiden Sie unnötige Aufregungen. Ich weiß, das ist nicht immer durchführbar. Sie sehen stabil aus. Das Kind wird gesund zur Welt kommen. Es hat einen kräftigen Herzschlag.

Konstanze verlässt die Praxis, hat kurz das Gefühl, geträumt zu haben, setzt sich gedankenverloren in die Ecke ihres Lieblingscafés. Noch sieben Monate, der Bauch wird größer werden. Irgendwann merkt es jeder, der es merken will.

Sie sieht ein Kind vor sich, das Burgen baut, Bauklötzchen übereinandertürmt, vor Ungeduld oder Zorn schreit, das Unmögliche will, erste Wörter spricht, die Welt neu entstehen lässt, nach allem greift, was die kleinen Hände fassen können.

Konstanze trinkt ihren Kaffee aus, zahlt, geht ins Freie, an Menschen vorbei, die nichts ahnen von ihrem Glück. Redet vor sich hin, schwingt dabei mit ihren Armen. Die anderen werden mich für verrückt halten. Ich bin verrückt.

Wie werde ich es Eric, dem Egomanen, beibringen?

Ein Kind

Nach langem Zögern entschließt sich Konstanze dazu, Eric zu besuchen. Sie lässt sich mit dem, was sie ihm mitteilen will, viel Zeit, hat Bedenken, auch Angst, umkreist und küsst ihn, sagt endlich: Ich bin schwanger.

Eric stößt sie von sich, flüstert, schreit, hüllt sie ein mit Abneigung und Freude, mit Begeisterung und Ablehnung.

Schwanger. Du? Von wem?

Von dir natürlich. Andere Männer sind längst aus meinem Leben verschwunden.

Ich trage keinerlei Verantwortung.

Das habe ich auch nicht erwartet. Wichtig ist nur, dass unser Kind einen Vater hat.

Eric nickt, sieht sie dabei zärtlich an.

Sobald sie nebeneinander im Bett liegen, sich zusammengehörig fühlen, holen sie in einem Anfall von Wahn alle Sterne vom Himmel, entwerfen Pläne für ihre Zukunft, bis Eric plötzlich hochschreckt: Ich vergesse meinen Beruf, meine Rollen, die Dramen, mein bisheriges Leben auf den Brettern der Welt. Er springt aus dem Bett, zieht sich an, dreht sich an der Türe noch einmal um: Ich muss einen Platz finden für unser Kind. Groß genug zwischen unvergesslichen Bühnenereignissen, zwischen Traum und Wirklichkeit. Größenwahn und Demut.

Das Kind wird uns auf ganz andere Weise miteinander verbinden, sagt Konstanze.

Nicht für immer, sagt Eric.

Ich möchte es nicht allein aufziehen.

Er legt fürsorglich seine Hand auf ihren Bauch. Das musst du auch nicht. Es wird mir ähnlich sehen.

Oder mir.

Eric schließt die Türe und verschwindet.

Konstanze und Eric tasten sich Schritt für Schritt durch den noch unbekannten Abschnitt in ihrem Leben, tappen häufig im Dunkeln, dann wieder sind sie hellsichtig und entschlossen, klammern sich aneinander, lassen sich los, trennen sich für ein paar Tage, und wenn sie sich treffen, umarmen und küssen sie sich, versprechen einander die Seligkeit.

Konstanze schottet sich ab, besucht weiterhin ihre Vorlesungen, bildet einen unsichtbaren Kreis um sich und das Kind, geht regelmäßig zur Frauenärztin, betrachtet den Fötus im Ultraschall. Fast durchscheinend, sagt sie und hat Tränen in den Augen. Sie spricht über ihr Gefühlschaos, über ihr Ja und Nein, ihre absonderlichen Gedanken. Ihre Hochstimmung. Ihre Schwermut.

Ich will das Kind, natürlich will ich es, sagt sie und streicht über ihren Bauch. Ich bin wie betäubt von dem Gefühl, Mutter zu werden. Es soll alles bekommen, was es zu seiner Entwicklung braucht.

Die Frauenärztin nickt, entlässt sie mit vielen guten Wünschen und einem festen Händedruck.

Konstanze hört geduldig zu, wenn andere Frauen über ihre Schwangerschaft erzählen, erlebt ihre eigene auf komisch-faszinierende Weise. Sie besucht Frau Kühn, merkt, dass zwei Leben nicht mehr zusammenpassen wollen. Vielleicht später, denkt sie.

Die Wochen reihen sich aneinander. Der Bauch wächst, Angst und Hoffnung halten sich das Gleichgewicht.

Der Tag der Geburt rückt immer näher. Ohne Vorwarnung und viel zu früh setzen heftige Wehen ein, die Abstände werden kürzer, der Schmerz größer. Ins Krankenhaus, sagt sie zu Eric. Schnell! Das Kind drängt, rebelliert, es will ans Licht.

Eric rast vorbei am bunten Leben anderer. Die gewohnte Ordnung gibt es nicht mehr. Was bleibt, ist der Ausnahmezustand.

Die Hebamme im Kreißsaal beruhigt, bietet Sicherheit. Es ist auch ein Arzt in Ihrer Nähe, wenn Komplikationen auftreten sollten.

Es kann kommen, sagt Konstanze.

Das Kind, das ans Licht gedrängt hat, lässt sich Zeit. Stunden vergehen. Die Schmerzen werden unerträglich. Holen Sie tief Luft und pressen Sie, sagt die Hebamme. Konstanze presst, schreit wie in Trance, verliert jede Hemmung, merkt, dass etwas in ihr nachgibt, lässt alles zu, sieht in Gesichter, die voller Erwartung sind, hört Stimmen. Dann diesen einen besonders lauten Schrei.

Das Kind ist da.

Welchen Tag haben wir heute, fragt Konstanze. Ich habe jedes Gefühl für die Zeit verloren.

Dienstag, sagt Eric, es ist heiß draußen und hell.

Ein Sommerkind, sagt sie, als das Kind auf ihre Brust gelegt wird. Rosen blühen. Früchte reifen. Das Leben gedeiht.

Chiara, meine kleine Chiara.

Eric sieht sie erstaunt an. Chiara?

Konstanze gibt ihm keine Antwort. Sie atmet den Geruch des Neugeborenen ein. Ihre Stimme ist leise, ihre Berührungen sind sanft und behutsam. Wenig Haare, denkt sie, ein fein geschnittenes Gesicht, graublaue Augen, mit denen sie die Welt in sich aufnehmen wird. Sie wird alles lernen: das Hören, Schmecken, das Denken und Sprechen. Und ich werde ihr dabei helfen.

Wieder zu Hause sucht sie Rat bei anderen Müttern und merkt sehr schnell, dass sie ihren eigenen Vorstellungen folgen muss. Mit einer erfahrenen Hebamme übt sie Tag für Tag das Muttersein.

Ich fühle mich überfordert, sagt sie. Ich habe meine Rolle als Mutter falsch eingeschätzt. Chiara, mein Kind, beansprucht mich ganz.

Je älter es wird, desto leichter wird es für dich, sagt ihre Freundin Ulrike. Du gewöhnst dich an den Alltag, findest Mittel und Wege, dein Leben neu zu organisieren.

Konstanze fängt mit ihrer Liebe immer wieder von vorne an.

Eric kommt nur ab und zu, seine Besuche sind kurz und wortreich. Er ist von seinem Kind angetan. Ich habe nicht gewusst, wie schön es ist, Vater zu sein. Wenn ihr mich braucht, bin ich für euch da.

Konstanze hatte gehofft, dass seine Besessenheit für das Theater zu einer Besessenheit für das Kind werden könnte, eine wilde, ungezügelte Zärtlichkeit für dieses kleine, hilflose Wesen. Die Bühne ist stärker, denkt sie und verzeiht. Schenkt Chiara ein doppeltes Maß an Zuwendung und Liebe. Ich werde Eric nur selten brauchen.

Die Wochen und Monate haben eine andere Struktur, eine neue Bedeutung. Konstanze staunt, wie ihr Kind wächst, sich freut, leidet, mit dem Gesicht und den Händen ausdrücken will, wofür noch die Worte fehlen, wie es sich langsam mit der Welt anfreundet. Wie es zu verstehen lernt, wie seine Gedanken zu Worten, dann zu Sätzen werden.

Geburtstage, Festtage, gewöhnliche Werktage, Krankheiten, Besuche, Arzttermine wechseln einander ab.

Konstanze erlaubt ihrem Kind alles. Verbietet selten, als habe sie Angst, es könnte ihr irgendwann abhanden kommen, irgendwohin verschwinden, ihrer Zuneigung nicht standhalten.

Chiara entwickelt sich zum Vier-Jahreszeiten-Kind. Sie liebt den Frühling, den Sommer, den Herbst, den Winter, liebt Wärme und Kälte, Farben und Formen, den Wind, das Wasser, den Schnee, die Sonne, den Regen. Entwickelt kindlichen Trotz, leistet Widerstand, nimmt alles in sich auf, was um sie herum geschieht, hört sich hinein in Geschehnisse, für die sie noch zu klein ist, sieht auch das, was sie nicht sehen sollte, saugt sich fest an allem, was sie interessiert. Sagt häufig Nein! Lässt sich kaum beeinflussen, durchschaut mühelos die Machenschaften der Erwachsenen.

Wie normal sind andere Kinder? Wie normal ist unser Kind?, fragt Konstanze Eric. Chiara macht es mir mitunter schwer, sie so zu lieben, wie sie ist. Sie nimmt mir die Luft zum Atmen, den für mich notwendigen Lebensraum. Irgendwann werde ich nicht mehr wissen, wie ich mit ihr umgehen soll.

Dann werde ich …

Sie schneidet ihm das Wort ab: Versprich nichts, was du nicht halten kannst.

Vielleicht wird sie ein Bühnenkind, sagt er. Es gibt Kinder, die sich kaum für etwas interessieren. Bei Chiara ist das anders. In ein paar Jahren werde ich sie an meinem

Theaterleben teilnehmen lassen, sie einführen in die Struktur eines Dramas, einer Tragödie, in das Bühnengeschehen hinter und vor dem Vorhang.

Du übertreibst und greifst viel zu weit voraus. Unsere Chiara muss erst hineinwachsen in das eigene Leben wie jedes andere Kind auch.

Wann fahren wir wieder zu meiner Oma und zu meinem Opa?, fragt Chiara.

Wann immer du willst.

Jetzt.

Dann gleich morgen.

Nur nichts verschieben, denkt Konstanze.

Die Eltern sind einverstanden. Was hatte ich von ihnen erwartet? Sie sind genauso verrückt wie andere Großeltern auch. Ein Enkelkind – ein Neuanfang. Sich erinnern können an jene Tage, in denen vieles möglich schien, auch das Unmögliche. Die Stunden vergehen damit, dass sie mit Chiara spielen, singen, unsinnige Fragen stellen, sie hochschaukeln bis zum Himmelsrand.

Vater beginnt aus seiner eigenen Kindheit zu erzählen, verliert sich in Einzelheiten, seine Stimme und sein Gesicht verändern sich. Seine Hände zittern.

Das Kind von damals, denkt Konstanze. Du hast mir nie davon erzählt.

Du hast mich auch nie danach gefragt.

Ich habe übrigens eine Überraschung für dich, sagt die Mutter. Du weißt ja, ich kann nichts wegwerfen.

Sie bringt aus dem ehemaligen Kinderzimmer eine Schachtel, öffnet sie. Nimmt ein Kleidchen heraus: immer noch wie neu. Ich weiß noch genau, wann du es getragen hast. Du könntest es doch …

Konstanze lässt sie gar nicht ausreden. Nein, auf keinen Fall. Sie schließt die Schachtel, stellt sie erbost in eine Ecke.

Eine absurde Idee, als ließe sich damit etwas wiederholen, was längst vorbei ist.

Die Atmosphäre ist gestört, etwas gerät aus dem Gleichgewicht.

Du solltest Chiara nicht so verwöhnen, sagt die Mutter nach einer langen, ungewollten Pause. Du gibst in allem viel zu schnell nach. Strenge und Konsequenz, das gilt auch heute noch.

Ich habe meine eigenen Erziehungsgrundsätze.

Konstanze ist gekränkt, hat es plötzlich eilig zu gehen. Komm, sagt sie zu Chiara.

Chiara hängt sich an ihren Opa: Noch einmal schaukeln, sagt sie.

Dir erfülle ich jeden Wunsch.

Das Kind lacht.

Wenn nur alles so bleibt. Das Schicksal geht mitunter eigene, unverständliche Wege, denkt er.

Er nimmt Chiara wieder von der Schaukel. Aufpassen, sagt er zu Konstanze, nicht leichtsinnig sein!

Wir kommen wieder, sagt sie und blickt dabei versonnen auf den Apfelbaum.

Die Tage mit dem Schauspieler-Vater sind selten.

Zeit?, sagt Eric. Ich muss immer wieder entscheiden, für wen oder was. In meinem Inneren findet vieles gleichzeitig statt: das Einüben eines neuen Textes, meine Präsenz auf der Bühne, die Gedanken an dich und unser Kind, meine Freunde, das Dasein an sich.

Solange Chiara klein ist, solltest du ihr den Vorrang geben.

Er sieht sie verwundert an. Ich habe viele Leben.

Immer öfter fragt Chiara: Warum wohnt Papa nicht bei uns?

Du hast einen Gelegenheitsvater, einen Bühnenvater, einen, der Sätze auswendig lernt, der ständig ein anderer sein will.

Chiara nickt, ohne zu verstehen.

Wir fahren heute zu Hugo, dem Mann an der Hobelbank, sagt sie zu Chiara. Dein Papa fährt auch mit.

Chiara ist begeistert von der Geschwindigkeit, mit der die Landschaft an ihr vorbeifliegt. Sie ist unruhig, deutet hierhin und dorthin, erzählt einfallsreiche Geschichten von Dingen und Menschen, will Eis, dann Waffeln, will ein Stofftier, will alles zugleich.

Du bist wie dein Papa.

Chiara lacht mit ihrem ganzen Gesicht, betäubt ihre Eltern wie immer mit ihrem Liebreiz und ihrem Charme.

Hugo ist im Garten.

Es freut mich, sagt er, als er die Gartentür öffnet, dass ihr den Weg wieder bis zu mir gefunden habt.

Er hebt Chiara in die Höhe, drückt sie an sich, umarmt sie, betrachtet sie eine Weile.

Du bist schon groß. Meine Enkel Ferdinand und Max sind heute leider nicht da. Sie sind bei den anderen Großeltern.

Schade, sagt Konstanze, blickt sich erstaunt im Garten um.

Du hast viel für die beiden gemacht: eine Schaukel, ein Baumhaus, einen Kletterturm, sogar einen Pool habt ihr.

Der ist für uns alle.

Konstanze sieht Chiara eindringlich an: Meinetwegen auf das Baumhaus oder auf die Schaukel, aber nicht in den Swimmingpool, nur wenn ich dabei bin.

Wir dürfen sie nicht aus den Augen verlieren, sagt Hugo. Kinder sind unberechenbar.

Chiara kann sich mit Schwimmflügeln schon recht gut im Wasser bewegen. Sie ist eher vorsichtig, fast ängstlich, sagt Konstanze.

Es ist heiß und windstill. Die Natur verschwendet sich in ihrer ganzen Schönheit und Pracht. Die Sträucher wirken müde und kraftlos. Die Sonne wirft Silberstreifen auf das Wasser des Pools. Konstanze, Hugo und Eric sitzen in einer schattigen Ecke des Gartens. Vergessen ihre Sorgen, das Alltägliche, erlauben sich kleine Gemeinheiten, sparen nicht mit Zweideutigkeiten, lachen, trinken Wein, stoßen auf ihr Leben an, auf die Zukunft, auf alle Ungereimtheiten und alles Gelingen. Leichtsinn und Trägheit bestimmen den Rhythmus dieses Sommertages. Wer kann ihnen schon etwas anhaben? Sie sind sich selbst genug. Das Unglück will ihnen noch Zeit lassen.

Ein leichter Wind kommt auf, hebt eine leere Plastiktüte in die Höhe, die eine Weile in der Luft tänzelt, dann zu Boden fällt. Chiara steht fasziniert vor dem Swimmingpool. Das Wasser ist ein glänzender Teppich. Der Blick in die Tiefe ohne Schrecken.

Dem Unglück geht meist eine gespenstische Stille voraus.

Wo ist Chiara?, fragt Konstanze, stellt hastig das Weinglas auf den Tisch und sieht sich besorgt um.

Vermutlich in einer Gartenecke, wo wir sie nicht sehen können, sagt Eric. Vielleicht pflückt sie Blumen oder sie umarmt einen Baum. Er lacht.

Irgendetwas stimmt nicht, sagt Konstanze.

Sie läuft zum Swimmingpool, ein Kindergebet auf den Lippen, eine gelbe Plastikente in der Hand. Chiara liegt reglos im Wasser.

Konstanze schreit. Und als Hugo herbeieilt, den spannungslosen Körper aus dem Wasser zieht, ist es so ruhig wie vor dem ersten Schöpfungstag. Da bleibt die Zeit stehen. Die Zeiger der Uhren weigern sich, sich weiter zu drehen. Das Unglück deckt alles Lebendige zu, lässt es verstummen.

Schnell, sagt Konstanze.

Hugo beginnt mit der Mund-zu-Mund-Beatmung. Er hat dabei nur einen Wunsch, das Kind wieder zurückzuholen ins Leben, von dem es sich schon entfernt hat.

Es gibt nichts zu sagen, denkt er, alles ist falsch, alles geht in die verkehrte Richtung. Jedes Wort wäre zu viel.

Tu etwas, sagt Konstanze zu Eric, du Theatermensch! Du bist schon öfter tot auf der Bühne gelegen und wieder aufgestanden. Hast dir lächelnd den Staub von den Theaterkleidern gewischt. Weck sie auf! Die Schwimmflügel, schreit sie, irgendwo im Kofferraum. Beeil dich!

Eine Illusion, eine Sinnestäuschung, denkt Konstanze. Ich werde den Alptraum von mir schütteln und alles wird sein wie bisher.

Konstanze schreit, schreit sich die Seele aus dem Leib, schlägt wie eine Verrückte auf Eric ein. Das ist nicht unser Kind, es ist sicher eines aus der Nachbarschaft. Frag nach, ob sie es nicht längst vermissen. Chiara, das kleine Luder, hat sich irgendwo versteckt. Ich muss meinem Kind das Meer zeigen. Ich muss.

Sie läuft zum Swimmingpool, starrt eine Weile ins Wasser.

Ein leichter Wind weht.

Das Wasser fröstelt, sagt sie, die Welt ist leer.

Konstanze fällt ins Gras, reißt Halme aus, stopft sich Erde in den Mund, spuckt sie aus, steht wieder auf.

Die Schaukel, sagt sie zu Eric, frag meinen Vater, ob der Ast standgehalten hat. Wenn nicht, hängen wir sie an einen anderen. Die Äpfel sind zwar sauer, aber der Baum trägt immer noch Früchte. Das ist keine Zeit zum Sterben, sagt sie, auch nicht für dieses widerspenstige, liebenswerte Kind.

Der Rettungswagen steht abfahrbereit am Gartentor.

Komm!, sagt Eric. Wir können Chiara jetzt nicht allein lassen.

Konstanze dreht sich noch einmal um. Wo ist unser Kind? Sie steigt endlich ein.

Hugo winkt, kommt sich dabei einfältig und dumm vor. Chiara sieht nichts mehr und hört nichts mehr. Wo sie sich befindet, weiß keiner.

Die Welt fliegt an ihnen vorbei, nichts bleibt haften, alles drängt weiter: Häuser und Mauern. Fenster und Türen. Farbtupfer, verschwommene Gesichter, Stimmen, Geräusche.

Konstanze denkt alles gleichzeitig: an ihre erste Beziehung, ihr Zusammensein mit Eric, ihr bisheriges Leben – frühzeitig verbraucht und auch wieder nicht. Sie denkt an Frau Kühn, an Gemälde, die ihre Bedeutung und ihren Sinn verloren haben, an Freundinnen, ihre Eltern. An das Dunkle und Helle, das Schöne und Hässliche, hört auf zu denken. Was hilft schon?

Es ist, als hätte das gesamte Universum einen feinen Riss bekommen, sagt sie.

Im Krankenhaus wird Konstanze und Eric ein Platz angeboten, der Puls gemessen. Sie schluckt Beruhigungspillen, sitzt aufrecht auf ihrem Stuhl. Nur nicht die Fassung verlieren.

Sie sackt zusammen, steht immer wieder auf, sieht andere mit trüben, erwartungsvollen Gesichtern, sieht weiße Wände, aus denen das Grauen wächst.

Das Warten zermürbt, löscht aus, führt ins Nichts.

Eric sitzt schweigend neben ihr. Uns ist eine Rolle zugedacht, denkt er, die wir nicht kennen. Wir sind weder Schauspieler noch Statisten. Der Ablauf der Handlung ist uns nicht bekannt. Vom Schluss haben wir keine Ahnung. Wir sollen agieren und wissen nicht wie. Das ist kein Theaterstück. Das ist die nackte, erbarmungslose Wahrheit. Und wenn der Vorhang fällt? Viel zu früh und mitten in einem Leben, das nicht zu Ende gelebt ist?

Konstanze steht auf, fährt mit dem Aufzug die einzelnen Stockwerke hinauf und hinunter, geht immer wieder den Flur entlang. Gehen, denkt sie, immer nur gehen, weggehen, zurückkommen, weggehen, nicht mehr zurückkommen. Mein Kind verliert sich in einer Welt, zu der niemand Zugang hat, nicht einmal Gott.

Der Flur in der Kinderabteilung ist hell und bunt. An jeder Tür klebt eine andere Comicfigur. Für Kinder, die sich entfernt haben, die weder lachen noch weinen. Weder reden noch den Mund verziehen. Die wieder zurückfinden sollen in das normale Leben.

Professor Staudt kommt auf sie zu, legt vorsichtig seine Hand auf ihre Schulter.

Es besteht Grund zur Hoffnung, dass Ihr Kind das Koma ohne großen Schaden überstehen kann. Es ist noch klein, die sofortige Wiederbelebung und unsere Intensivbehandlung machen vieles möglich. Erschrecken Sie nicht, wenn Sie Ihr Kind jetzt sehen werden. Kabel und Schläuche, technische

Geräte, Alarmtöne. Mitunter verabreichen wir Medikamente, die beruhigen und schmerzfrei halten sollen. Die Patienten atmen zwar, sie können die Augen öffnen und haben einen Schlaf-Wach-Rhythmus, aber das ist auch schon alles, sagt er. Es gibt keinerlei Zeichen für bewusste Wahrnehmung. Wann Ihr Kind jedoch wieder zurückfindet, ist ungewiss. Bei Komapatienten lässt sich nichts voraussagen.

Nüchtern, sachlich. Gut informiert, vorausschauend. Ein kurzer Händedruck von einem, der über das Leben anderer bestimmt, denkt Konstanze.

Vielleicht täusche ich mich.

Das Krankenzimmer ist groß und hell.

Ein Zimmer für Chiara, die erst noch entscheiden muss, wohin sie gehören möchte. Konstanze setzt sich auf einen der Stühle, starrt die Wand an, das Bett, das Fenster. Steht auf, geht endlich nahe an Chiara heran.

Das ist nicht mein Kind, schreit sie, läuft zur Türe. Nur weg von hier, sagt sie, wird sanft zurückgebracht.

Wir lassen Sie nicht allein, sagt der Arzt, auch Chiara ist nicht allein. Sie wird Tag und Nacht betreut. Sprechen Sie mit Ihrem Kind, sagt er, bringen Sie Lieblingstiere mit, singen Sie ihm etwas vor, vertraute Klänge, die Lieblingsmusik. Auch Düfte sind wichtig, vielleicht Ihr Parfüm, um Ihr Kind an sein früheres Leben zu erinnern und ihm die Angst vor der neuen Zeit zu nehmen.

Konstanze verstummt. Ich habe Scheu davor, mein Kind anzufassen, mit ihm zu reden, ihm Geschichten zu erzählen. Ihm das Leben erneut nahezubringen.

Das ist Ihr Kind, sagt die Krankenpflegerin, bleiben Sie so lange wie möglich in seiner Nähe, besuchen Sie es so oft wie möglich.

Konstanze streicht über die Bettdecke: Du bist weit weg, das spüre ich, hast dich verirrt. Komm wieder zurück!

Sie weint still vor sich hin, geht ans Fenster, schaut hinaus, ohne etwas wahrzunehmen.

Vieles wird erst zur Wahrheit, wenn es Wörter dafür gibt. Todbringende, unheilvolle Wörter. Sie gehen mich nichts an, nur mein Kind geht mich etwas an. Ich mag keines der Wörter, sagt sie, wiederholt sie dann doch wie ein Mantra, eine Litanei, bildet Wortketten.

Wörter sind ein Seil, an dem ich mich hochrangeln kann, oder ein Strang, der mir den Hals zuschnürt. Ich muss mich entscheiden. Todbringende Wörter haben weder Geruch noch Geschmack.

Konstanze liest Berichte von Menschen, die eine Nahtoderfahrung gemacht haben oder jahrelang im Koma lagen. Sie weint, lacht, hofft. Erschrickt oder ist ermutigt, spricht sich selbst Hoffnung zu, eine verwegene, übersteigerte Hoffnung. Denkt verstohlen an ein zweites Kind.

Ich habe bei Chiara die Sehnsucht nach dem Meer geweckt, habe in großen, beeindruckenden Bildern von mächtigen Wellen, von seiner gefährlichen Tiefe, von den Gefahren gesprochen, wenn sich Schwimmende zu weit hinauswagen. Mein Kind hat mir nicht richtig zugehört. Ich sah in ihren Augen dieses unersättliche Verlangen nach dem, was gewaltsam sein kann, was Unheil anzurichten vermag, weil es verschlingt, in die Tiefe zieht.

Ich habe in Chiara den Leichtsinn gefördert. Kinder sehen nirgendwo eine Gefahr, haben dafür kein richtiges Maß.

Wenn Konstanze gefragt wird, wann das Unglück geschah, sagt sie: An einem Dienstag, als die Welt voller Helligkeit gewesen ist, Rosen blühten, Früchte reiften. Die Wochen vorher waren noch eine einzige große Verheißung. Auch das Unglück braucht Zeit, um sich einen passenden Ort zu suchen, an dem es sich niederlassen kann.

Ich war nicht darauf vorbereitet.

Wie lange dauert der Zustand meines Kindes an?, fragt Konstanze regelmäßig Professor Staudt.

Das weiß keiner. Abwarten und hoffen ist im Moment alles, was Sie tun können.

Sie meinen, ich solle auf ein Wunder warten.

So ungefähr.

Gibt es denn überhaupt Wunder?

Ich könnte Ihnen von einigen erzählen. Aber das würde zu weit führen und unglaubhaft wirken. Wunder muss der für sich behalten, der sie erlebt hat.

Mich interessiert nur das eigene Wunder.

Sprechen Sie mit Ihrem Kind! Es spürt jeden Händedruck, jedes Streicheln, jede Berührung. Wir stehen Ihnen jederzeit beratend und unterstützend zur Seite. Damit Sie für Ihr Kind da sein können, ist es wichtig, dass Sie sich regelmäßig Tage der Erholung und der Ruhe gönnen.

Konstanze sitzt stundenlang an Chiaras Bett, liest ihr Geschichten vor, betrachtet immer wieder ihr Gesicht. Das kann doch nicht sein, dass du nicht mehr am Leben teilnehmen willst!

Sie weint.

Und wenn sich ihre Kraft verbraucht hat, ist Eric an der Reihe, das Kind wieder in das Leben zurückzuholen, in das es schon hineingewachsen war und aus dem es mit Gewalt hinausgeschleudert wurde.

Eric lernt eine andere Rolle, ohne Drehbuch und ohne Szenenwechsel. Ich liebe mein Kind, denkt er. Ich werde ihm alles beibringen, was wichtig, notwendig und außergewöhnlich ist.

Er setzt sich, zitiert Textstellen, die ihm auf der Haut brennen, steht immer wieder auf, monologisiert, gestikuliert, ist unruhig, besessen vom Theater. Ich will spielen, denkt er, berührt vorsichtig die Hände von Chiara. Du bist weit weg. Vielleicht täuschen wir uns. Ich will davon ausgehen, dass du in unsere Welt zurück möchtest, dir nach kurzer Zeit alles wieder vertraut sein wird.

Fast täglich hält sich Konstanze im Kinderzimmer auf. Sie öffnet den Kleiderschrank, schiebt die Kleiderbügel hin und her, nimmt Kinderkleidung heraus, legt sie auf das Bett, stapelt sie übereinander.

Wenn du wieder zu Hause bist, werde ich dir das Rüschenkleid anziehen, das du immer am liebsten getragen hast. Es riecht noch nach dir. Oder doch lieber das mit dem breiten Satinband oder das Röckchen mit den bunten Streifen? Du wirst selber entscheiden wollen, natürlich.

Sie gießt die Kakteen, sieht, wie eine Blüte verwelkt ist, eine andere am Aufblühen. Sie weint. Geht hinunter zum Briefkasten, nimmt Werbeblätter heraus, die Zeitung und ein Heft für Moderne Kunst. Blättert sie kurz durch. Das brauche ich alles nicht. Auch das, was täglich auf der Welt an tragischen Ereignissen passiert, geht mich nichts an. Das Schöne ist nur für die anderen.

Konstanze erledigt das, was im Alltag getan werden muss. Sie putzt, kocht, kauft ein. Zum Lesen fehlt mir die Ruhe und für das Studium die Zeit.

An den Rand eines Einkaufszettels schreibt sie:
Ursachen dafür, dass ein Kind ins Koma fällt:
Eine Laune des Schicksals
Ein Wink von oben
Sehnsucht nach der Leere und dem Nichts
Eine Prüfung
Eine Strafe
Eine Zäsur
Ein Zufall
Eine Nachlässigkeit
Sie streicht alles wieder durch. Nichts davon, sagt sie.

Manchmal geht mitten im Leben etwas zu Ende, kündigt sich die Stunde Null an. Dahinter sind Dunkelheit und Leere.

Konstanze träumt viel und oft: vom Vater, der über Nacht alt geworden ist, von teuren Kleidern, von Tänzen mit verführerischen Männern, von Beerdigungen, von Blumen, die nicht mehr duften, von Plüschtieren, die in der Ecke liegen und seltsame Laute von sich geben, von Kindern, die sie einkreisen und verhöhnen. Dann wacht sie auf und schreit.

Eric tröstet sie auf karge, fast wortlose Art. Besser als der Wortreichtum, denkt sie, der mich oft erdrückte.

Wenige Sätze von dir, sagt sie, lassen endlich Raum für meine eigenen Gedanken.

Denk nicht zu viel! Oder nur an das, was dich vorwärtsbringt. Der Vorhang wird wieder aufgehen, und wir zwei werden staunend hören und sehen, was uns bisher fremd war. Wir werden mit unserem Kind auf ganz andere Weise die Welt erobern und neu gestalten. Wir werden ungewohnte Rollen lernen, unser Leben umschreiben müssen.

Du hast dich verändert.

Du auch.

Ich werde meinem Vater einen Brief schreiben.

Lieber Vater,
wie du weißt, hat sich das Unglück vor einiger Zeit an meine Fersen geheftet, mich seitdem nicht mehr losgelassen. Ich habe dir wenig davon erzählt, um dich nicht zu sehr in mein eigenes Leben hineinzuziehen.

Vielleicht solltest du dein Enkelkind besuchen. Du bringst den Geruch der Ferne mit und Chiara war immer ein Kind des Geruchs. Sie roch an Blumen, Kleidern, Stofftieren, an meiner Haut. Roch sich hinein in das für sie Unbekannte, auch in das Verwegene und Bedrohliche.

Ich brauche dich, möchte Geschichten von dir hören, mich von dir trösten lassen. Hat der Zweig standgehalten, an dem immer noch die Schaukel hängt? Der Wind wird sie bewegen in einem ganz eigenen Rhythmus. Und wenn Chiara darauf sitzen wird, werde ich ihr beibringen, wie sie die Furcht besiegen kann.

Vielleicht dürfen wir dem Glück gegenüber nicht leichtfertig sein, keinen Tag und keine Stunde. Es will gehegt und gepflegt werden. Sobald unser Kind aufgewacht ist, wirst du einer der ersten sein, den ich benachrichtige.

Deine Tochter Konstanze

Was kommt nach der Dunkelheit?, fragt sie Eric.

Der Liebhaber und Bühnenvater schweigt. Sein Gesicht ist blass, die Bewegungen ungeordnet und langsam.

Hinter jeder Dunkelheit verbirgt sich das Helle, sagt er. Ich weiß, das klingt billig, es ist aber so. Du bleibst zu sehr im Dunkeln, erstarrst in dem, was uns passiert ist. Wir werden gemeinsam meistern, was uns aufgebürdet ist. Trotz allem brauche ich mehr Zeit für mich.

Du meinst, ich soll mich von dir distanzieren?

Wenigstens teilweise. Ich möchte mich endlich wieder mit Theaterkollegen unterhalten. Auch meine Freunde möchte ich wieder sehen. Jürgen hat bestimmt neue Projekte. Ich will mich verlieren können in den Ideen anderer.

Vergiss unser Kind nicht!

Es gelingt mir nur selten. Ein stummes Kind ist das Schlimmste für mich. Ein Kind ohne Worte habe ich mir nie vorstellen können.

Eric distanziert sich, ist nicht zu erreichen, nicht am Telefon, nicht in der Wohnung.

In ihrer Verzweiflung geht Konstanze zu Frau Kühn, lässt sich Geschichten von ihrem Sohn Carlos erzählen.

Du sprichst über ihn, als würde er noch leben, sagt Konstanze.

Das passiert immer dann, wenn ich von ihm geträumt habe, sagt Frau Kühn, wenn er vor mir steht und mich umarmt, um mich zu trösten. Alle Weisheiten dieser Welt nützen nicht viel, wenn sie nicht auf den eigenen Alltag übertragen werden. Ich habe es immer wieder versucht. Es ist mir nur selten gelungen. Übrigens: Ich habe Notizen von ihm gefunden, erstaunlich reife Sätze. Willst du sie hören?

Konstanze wehrt ab. Später, sagt sie.

Und du? Verlierst du dich nicht selber in dem, was du erlebt hast? Du hast berechtigte Hoffnung, dass dein Kind wieder aufwacht. Mein Sohn ist tot.

Konstanze nimmt einen Kunstband in die Hand, blättert kurz darin, legt ihn zur Seite. Bilder verwirren mich, sagt sie.

Wir beide sollten uns wieder mehr dem Leben zuwenden, sagt Frau Kühn. Komm! Ich habe einen guten Sekt. Zwischendurch gönne ich mir ein Gläschen.

Sie stoßen auf ihre Gesundheit an, merken, dass das Schlimme wenigstens kurzfristig annehmbar und erträglich wird. Sie unterhalten sich über die nahe Zukunft, über gute Bücher und Kunstwerke, über gesellschaftliche Veränderungen. Über den Sinn des Leidens, über Leben und Tod.

Ich habe, sagt Frau Kühn, in der ersten Phase der Verzweiflung Bücher gelesen zum Thema Abschied.

Vieles fand ich platt und höchst merkwürdig, manches aber auch tiefgründig und unerbittlich, wie dieser eine Satz in einem Roman: Ich habe meine Mutter nicht geliebt. Und ich? Ich wurde von Carlos geliebt, geradezu verehrt und dann doch von ihm verlassen. Wirklich geholfen hat mir keines der Bücher. Jeder von uns muss seinen ihm gemäßen Abschied finden, seine eigenen Rituale entwickeln.

Ich muss gehen, sagt Konstanze.

Sie verabschiedet sich von Frau Kühn, geht hinaus auf die Straße, winkt. Vieles ist mir vertraut und zugleich fremd, denkt sie.

Alle, die im Krankenzimmer ein- und ausgehen, verbünden sich wortlos mit Konstanze gegen ein Schicksal, das nicht mächtiger sein darf als sie selbst, das einknicken muss vor so viel Solidarität.

Sie huschen durch das Zimmer, angstvoll und verwirrt, auch voller Zuversicht. Nur die Träume nicht zerstören, die ganz im Inneren verborgen sind. Gebt dem Kind noch Zeit. Wie lange? Lächerliche vierundzwanzig Stunden, mehrere Tage, mehrere Wochen oder Monate?

Konstanze streicht über Chiaras Stirn: Du schwitzt ja. Habe ich dich aufgeregt? Dein Gesicht ist rot und dein Puls jagt.

Sie ruft den Arzt.

Das kommt vor, irgendetwas hat Ihr Kind beunruhigt. Singen Sie vertraute Lieder, lesen Sie Geschichten vor, die Chiara schon oft gehört hat. Bleiben Sie in ihrer Nähe. Es ist wichtig, sie auch jetzt nicht zu überfordern. Erwarten Sie nicht zu viel von ihr.

Ich erwarte alles, jetzt und später.

Er sieht Konstanze nachdenklich an: Sie sind blass und übernächtigt. Schlafen Sie länger als sonst, gehen Sie durch den Park, kaufen Sie sich etwas Hübsches, treffen Sie sich mit Freunden, die Ihnen gut tun, fahren Sie ins Freie. Sie brauchen psychologische Unterstützung. Vielleicht auch Ihr Partner.

Er spielt auf den Bühnen der Welt große bedeutende Rollen, das glaubt er zumindest. Er verwechselt das wahre Leben mit dem Theater, hilft sich dadurch selbst.

Was wäre gewesen, denkt Konstanze, wenn wir an diesem Nachmittag ins Grüne gefahren wären, wenn Chiara am Tisch sitzen geblieben wäre, wenn jemand oder etwas sie daran gehindert hätte, wegzulaufen: eine Stimme, ein Schutzengel, ein Schmetterling, ein Spielzeug?

Was wäre gewesen, wenn …

Nutzlose Gedankenspiele. Ich muss damit aufhören.

Konstanze geht regelmäßig zur Therapeutin.

Ich höre in der Nacht einen mehrstimmigen Chor. Dann weiß ich nicht, ob ich nicht schon übergeschnappt bin oder ob sich bereits der Tod von Chiara ankündigt. Den Text verstehe ich nicht, die Melodie ist ergreifend und melancholisch. Ich fange an, Illusion und Wirklichkeit miteinander zu verwechseln.

Und wenn etwas in Ihnen singen will?, sagt die Therapeutin, eine neue, unbekannte Melodie ungeduldig nach außen drängt?

Ich habe den Sinn für das Schöne und Leichte verloren. Ich bin längst nicht mehr im Gleichgewicht. Wenn die Trauer übermächtig wird und mich zudecken will, höre ich klassische Musik oder vertraute Lieder. Oder ich betrachte Bilder auf wortlose, stumme Art. Ich habe jahrelang viel gelesen, jetzt möchte ich vor allem Musik hören.

Konstanze tänzelt durch den Raum.

Vieles ruht in mir, ist eingeschlossen wie in einem Kokon. Vielleicht will in mir tatsächlich etwas singen und tanzen. Ist es mir denn verboten, wenigstens für ein paar Stunden glücklich zu sein und mein Kind zu vergessen?

Erlaubt ist alles, was Ihnen gut tut und Sie entlastet.

Konstanze hat Tränen in den Augen.

Sie gibt der Therapeutin kameradschaftlich die Hand. Heute noch, sagt sie, nicht erst morgen.

Ich sehe einen Hauch von Rosa auf deinen Wangen, sagt Konstanze zu Chiara.

Leidest du? Hast du Schmerzen? Oder freust du dich darüber, dass ich da bin? Du kannst mir alles sagen. Ich habe Zeit.

Und wenn du beim Aufwachen ein ganz anderes Kind bist? Mir fremd, abwesend, in deinem Inneren Geschichten, die du niemandem erzählen kannst, so eigenartig sind sie. Und wenn du über jedes Wort stolperst, rot anläufst vor Zorn und Enttäuschung. Und wenn … Ich hatte dir zum dritten Geburtstag rote Schühchen gekauft und du bist den ganzen Tag damit herumgelaufen, wolltest sie nicht mehr ausziehen, sogar damit ins Bett gehen. Es brauchte viel Überredungskunst, dass sie nachts nur vor dem Bett standen. Und einmal hast du den gepolsterten Stuhl mit Hautcreme vollgeschmiert. Eric hat gelacht. Ersetz ihn durch einen anderen, sagte er nur, Kinder müssen experimentieren dürfen. Und einmal hast du Löcher in das neue Kleidchen geschnitten. Brauchbar für ein Theaterstück, äußerte Eric. Er war großzügig bis zum Leichtsinn, aber nur dann, wenn er den Kopf frei hatte. Mehr als einmal hast du mich mit unschuldigem Blick angelogen, standgehalten, als ich dich fragte: Ist das auch wahr? Ja, Mama. Und einmal hast du mit einem Stein nach einem Jungen geworfen, den du nicht leiden konntest, und einmal …

Konstanze steht auf, geht ans Fenster, sieht hinaus.

Alles ist voller Helligkeit, sagt sie. Ich lasse die Vorhänge offen, damit du beim Aufwachen die Sonne erleben kannst. Wir werden ans Meer fahren und direkt an der Küste wohnen.

Ich habe neulich von einem Bernstein gelesen, in den ein Insekt eingeschlossen ist, zart und durchsichtig. So ähnlich ist es auch mit dir. Du bist sichtbar, du atmest, aber du sprichst nicht. Du sammelst Wörter für später. Und wenn es dann wirklich so weit ist, werde ich tagelang nur zuhören.

Wenn Konstanze mit Eric am Krankenbett sitzt, hat er diesen Herr-über-Leben-und-Tod-Blick, den sie liebt, aber auch fürchtet.

Wenn du entscheiden könntest … Nein, doch nicht.

Sie beginnt noch einmal: Wenn du wie auf der Bühne entscheiden könntest zwischen Leben und Tod. Was würdest du bevorzugen?

Das wirkliche Leben ist keine Theaterbühne. Da musst du die Rollen und die Dialoge neu erfinden und das, was geschieht, akzeptieren, auch wenn es dir noch so schwerfällt.

Bleib heute länger als sonst, ich will für ein paar Stunden frei sein.

Konstanze nimmt ihre Handtasche, streicht behutsam über Chiaras Gesicht und verlässt das Zimmer. Eric fragt sie gar nicht, wohin sie gehen möchte.

Irgendwohin, denkt er, es ist ohne Bedeutung.

Konstanze mietet sich in einem teuren Hotel ein Zimmer, nimmt zuerst ein Bad, betrachtet sich lange im Spiegel, legt sich in das blütenweiße Bett, genießt das Alleinsein. Sie starrt die Wände an, die Bilder, die Vorhänge, die Lampen. In allem zu viel, denkt sie, weniger würde auch genügen. Mein Kind hat das Bedürfnis nach Kunst in mir ausgelöscht. Zumindest vorübergehend. Wir beide, Eric und ich, haben uns damals nach drei Wochen des Kennenlernens in einem der besten Stadthotels einquartiert. Ich war voller Seligkeit, lauschte beglückt seinen Monologen, stellte kaum eine Frage. Das Schicksal hat uns verändert.

Sie schläft kurz ein, wacht auf, erschrickt: Wo bin ich? Sie zieht sich an, geht hinunter an die Bar, trinkt, lacht, flirtet mit dem Barkeeper, der wenig geeignet ist, sich in ihn zu verlieben.

Ich weiß, beginnt sie, ich bin albern.

Sie wirken auf mich so, als wollten Sie Ihr Leben verändern und ganz von vorne anfangen.

Wer will das nicht? Alles noch einmal von vorne, und alles ganz anders, ergiebiger, leichtsinniger, voller Trotz und Hochmut.

Auch ich wollte …

Sie schneidet ihm das Wort ab: Wir alle haben unsere Lebensentwürfe, die nicht gefügig sind, uns nur an etwas binden, was nicht existiert.

Dann trinken wir auf unser Schicksal.

Nein, darauf dass … Konstanze stockt, leert das Glas in einem Zug, geht hinaus, winkt dem Barkeeper zu, biegt um die nächste Ecke. Geht die dunklen und leeren Straßen entlang, kommt wieder zurück. Die Bar ist geschlossen. Die Dinge sind stumm, die Gläser aufgeräumt.

Ich möchte mich betrinken, torkeln, vergessen. Sie fährt hinauf in den fünften Stock.

Ich habe mein eigenes Glück vernachlässigt, Alkohol ist keine Lösung.

Am nächsten Morgen verlässt sie eilig das Hotel. Ich möchte nicht mehr auf der Flucht sein, denkt sie. Ich werde das Leben meistern, gerade jetzt.

Eric stellt keine einzige Frage, sieht sie nur kurz an.

Dein Gesichtsausdruck ist verändert, deine Bewegungen leichter. Noch vor Kurzem hast du mir die Luft zum Atmen genommen. Verzeih! Mein Leben ohne dich wäre zwar einfacher, aber es wäre nicht mehr mein Leben.

Nach langem Zögern trifft sich Konstanze wieder mit anderen Frauen, deren Kinder gesund sind. Vermutlich sind sie zu träge, denkt sie, sich in das kalte Wasser zu stürzen, werden von dieser verführerischen durchsichtigen Farbe erst gar nicht angelockt, weichen grundsätzlich der Gefahr aus. Oder ihre Fantasie ist nicht groß genug, um riskante Wege zu gehen.

Im Café sind zwei Tische reserviert. Sie sind alle gekommen, denkt Konstanze erstaunt, lässt sich ohne Widerstand hineinziehen in die Leichtigkeit, lacht mit, laut und unwirklich. Ich betrüge mich selbst, denkt sie, stellt dumme, harmlose Fragen, die bereitwillig beantwortet werden.

Sie merken gar nicht, was hinter meiner Hysterie steckt.

Konstanze isst mehrere Stück Kuchen, ist darüber verwundert, mit welcher Leidenschaft Sabine von ihrer Katze erzählt. Christiane regt sich über die Handwerker auf, die Pfusch gemacht haben. Echten Pfusch, betont sie. Sigrid klagt über angefaultes Obst.

Stellt euch vor, sagt Doris, meine Tochter wünscht sich weiße Mäuse.

Alle lachen.

Erfüllt euren Kindern jeden Wunsch, wagt Konstanze einzuwenden. Wirklich jeden, es könnte dafür irgendwann zu spät sein.

Du hast recht, sagt Doris, ich gehe heute noch in den Zoohandel.

Das Glück fällt ihnen in den Schoß, weil sie sich nicht weiter bewegen als notwendig, weil sie warten können, worauf auch immer. Sie lieben ihre Kinder bis zum Übermaß.

Die Freundinnen reden über Nebensächlichkeiten und Banalitäten, nur nicht über das, was Konstanze Tag und Nacht beschäftigt, nicht über eines ihrer Schlingpflanzenwörter, weil ihnen diese Wörter fremd sind. Nur eine Freundin ist dabei, der sich Konstanze nahe fühlt.

Nicht jeder bekommt die Geschichte, die er sich gewünscht hat, sagt Sigrid leise, während sie schon an der Türe steht. Du kannst sie aber zu deiner eigenen machen, sollte es auch noch so schwer sein.

Der Abschied ist wortreich und heuchlerisch. Was morgen schon vorbei sein kann, muss heute sorgfältig gehütet werden.

Konstanze sitzt untätig am Fenster, geht an ihren Schreibtisch. Wer einen so vollkommenen Schrei ausstößt, dachte ich damals, als mein Kind zur Welt kam, dem kann nichts passieren. Es ist gefeit gegen alles und jeden. Ich habe mich getäuscht. Gefeit ist keiner.

Ich werde über mein Glück schreiben, sagt sie. Es gibt so vieles, was mich im Leben ganz erfüllt hat: die Gespräche mit meinem Vater, die Kunst, mein Leben mit Eric, Wanderungen, Segelfahrten, meine Schwangerschaft, die ersten Jahre mit Chiara. Besser ist es, sich zu vertiefen in das, was gut und sinnvoll gewesen ist, erfreulich und leicht. Ich kämpfe um mein Koma-Kind, um sein und mein Glück.

Sie verliert sich in großen und kleinen Ereignissen, erinnert sich plötzlich an Details, vergisst die Gegenwart, fühlt sich im Gestern. Ist befreit wie schon lange nicht mehr.

Das Leben hat mich nicht immer vernachlässigt.

In der Nacht träumt Konstanze vom Meer. Es steigt bedrohlich an, die Wellen schwappen über, dringen in ihre Wohnung, kommen immer näher, erreichen den Stuhl, die Tischbeine, das Bett.

Ich werde ertrinken. Sie rettet sich in letzter Minute auf den Tisch, schreit, wacht auf.

Jemand rettet, denkt sie.

Sie geht erschrocken ans Fenster. Von draußen keine Gefahr. Das Meer ist weit entfernt. Die Wellen werden mich nicht erreichen können.

Der Weg ins Krankenhaus verliert an Schwere.

Konstanze geht immer öfter zu Fuß in den dritten Stock, bleibt kurz an der Tür stehen, legt ihre Hand auf die Comicfigur, flüstert eine Beschwörungsformel. Nähert sich, kaum im Zimmer, voller Erwartung ihrem Kind.

Ich habe den Wind und die Sonne mitgebracht, mein Kleines. Spürst du etwas? Draußen ist das Leben, und ich möchte dich mitnehmen. Dir zeigen, wie alles grünt und blüht. Wie die Welt duftet und von welcher Zartheit manches ist, mit dem wir vorsichtig umgehen sollten. Sobald der Wind dich berührt, wirst du wieder das Leben spüren in seiner ganzen Schönheit.

Eric ist der Meinung, dass mein Schweigen dir mehr helfen könnte als meine endlosen Wortketten. Ich bin mir da nicht sicher. In einem Bericht habe ich gelesen, dass Komapatienten alles hören, nur nicht darauf reagieren können. Bei dir ist es sicher genauso. Wie oft habe ich mir schon vorgestellt, dass du einmal tief durchatmest, deine Augen öffnest und mir die Frage stellst: Warum weinst du denn, Mama?

Konstanze beginnt zu singen:

Ich hab Hände, sogar zwei
und auch Haare mehr als drei
Es ist soweit, es ist soweit
jetzt ist Pusteblumen-Zeit

Ich weiß noch, wie du einmal gesagt hast, die Wörter fassen sich an den Händen. Du meintest damit Eis und heiß, Nuss und Fluss. Kalt und alt. Du hast auch mehrsilbige Wörter geliebt, wie Sonnenblumengelb oder Lokomotivführer. Sie werden sich in dir ansammeln. Wir werden sie befreien, wenn du mit allen deinen Sinnen wieder hier bist.

Konstanze irrt ziellos durch die Stadt. Ich möchte bei den anderen das Versagen, den Schmerz, aber auch Torheit und Übermut beobachten können, denkt sie. Ihre Bewegungen sind ausladend oder eckig, die Gesichter meist regungslos, ihre Redeweise banal. Sie gehen, ohne zu stolpern, und haben gelernt, auch gedankenlos vorwärts zu kommen. Abwesend sind sie.

Sie sieht Familien auf Balkonen sitzen, hört sie reden und lachen. Das Leben ist für sie ein einziges Fest, denkt sie, ich beneide sie. Konstanze setzt sich eine Weile auf eine Parkbank. Das Rauschen des Springbrunnens stört mich. Vieles andere auch.

Sie flüchtet in Galerien und Kaufhäuser, findet keinen Ort, in dem sie sich heimisch fühlen könnte, kauft für Chiara Kleidchen und Schuhe.

Wissen Sie, beginnt sie und sieht die Verkäuferin fragend an. Nein, doch nicht. Sie werden es nicht verstehen. Konstanze lässt einpacken, verabschiedet sich auf vornehme Weise. Chiara wäre stolz auf mich.

Häufig bleibt sie vor Schaufenstern stehen, betrachtet nachdenklich ihr Spiegelbild. So ganz allmählich werde ich wieder ich selbst.

Völlig unbeabsichtigt befindet sie sich plötzlich in der Bahnhofshalle. Reisende mit großen oder kleinen Koffern, Rucksäcken, Handtaschen eilen an ihr vorbei. Vielleicht sind manche Koffer leer, oder voll mit unnützen Dingen, die einer schnell eingepackt hat, weil die Zeit drängte. Vielleicht ist es Diebesgut oder es sind Drogen oder sogar Waffen. Oder Flitterkram, zu nichts nutze.

In der Bahnhofsmission lässt sie sich eine Tasse Kaffee anbieten. Sie sehen blass aus. Geht es Ihnen nicht gut?

Konstanze gibt keine Antwort, nippt an dem bitteren Kaffee, stellt den Becher auf das Tischchen, läuft hinaus, liest Ankunfts- und Abfahrtszeiten: Zürich, Paris, Antwerpen, Berlin, Salzburg, Prag, Kopenhagen, Amsterdam.

Jeder Ort ein Sehnsuchtsort, besser irgendwo, nur nicht hier.

An einem Abend, den sie nicht allein verbringen will, geht Konstanze in ein Tanzlokal, sieht Paare, die unbekümmert ausleben, was in ihnen rumort. Die meisten sind nicht mehr jung, aber immer noch voller Schwung und Begeisterung.

Ich will mich mitreißen lassen, denkt sie, wagt sich endlich aufs Parkett, findet einen Partner, tanzt sich die Seele aus dem Leib, ist Kind, Mädchen, junge Frau, ist Hure, Gebieterin, Geliebte, lässt sich herumwirbeln, einfangen, küssen, spürt eine Wildheit in sich, die sie lange nicht mehr gespürt hat, kennt kein Tabu und kein Maß. Sie lässt sich umarmen, Worte ins Ohr flüstern, die nicht von Dauer sind, vergisst alles, auch ihr Kind.

Ich bin eine andere, sagt sie zu dem Mann, den sie nicht kennt, dessen Namen sie gar nicht wissen will, dem Großen, Schwarzhaarigen mit dem eindringlichen Blick.

Auch ich bin ein anderer, sagt er, nur heute Abend, morgen sind wir wieder die von vorgestern.

Konstanze lacht hysterisch, bekommt einen Weinkrampf, flüchtet ins Freie. Ich habe mich vergessen. Ich habe mein Kind vergessen.

Sie geht zurück in das Tanzlokal. Der Schwarzhaarige hält längst eine andere in seinen Armen. Konstanze lässt sich von einem Mann auffordern mit ersten Silberfäden im Haar, der sich einen Teil seiner Jugend bewahren konnte, der anspornt und in gleichmäßigen Schritten der Musik folgt, der nicht reden will. Kein einziges Wort.

Der Unbekannte geht mit ihr an die Bar, zahlt einen Drink, prostet ihr zu, sieht sie verliebt an. Sehen wir uns wieder?

Konstanze ist ernüchtert. Nein! Ich habe einen Freund und ein Kind.

Das muss kein Hindernis sein.

Sie haben keine Ahnung. Und wenn mein Kind gerade jetzt wach wird?

Der Unbekannte sieht sie verständnislos an.

Dann wird es auch wieder einschlafen.

Sie sind einfältig, sagt sie, verlässt ein zweites Mal das Tanzlokal. Torkelt nach Hause, fällt wie eine Betrunkene ins Bett.

Als hätte ich ein Verbrechen begangen. Chiara, verzeih mir, flüstert sie, bevor sie einschläft.

Im Krankenhaus setzt sich Konstanze an Chiaras Bett, betrachtet zum wiederholten Mal die Wände: zu viel Weiß, denkt sie. Dieses todbringende, leblose Weiß.

In Gedanken zeichnet sie Bilder an die leeren Flächen, vorzeitliche Jagdbilder. Vielleicht ist Gott ein Jäger, der uns nicht zur Ruhe kommen lässt. Vielleicht.

Sie denkt zurück, denkt sich hinein in sinnvoll oder auch sinnlos verbrachte Tage, an Reisen, kürzere oder längere Liebschaften, an Lehrer, Freunde und Bekannte, Studienaufenthalte. Feste und Aktionen.

Wie lange ist es her, als ich damals für drei Wochen in Frankreich gewesen bin? Wohin mein Blick reichte: Lavendelfelder, eine lilafarbene, wogende Welle. Die Landschaft wirkte auf mich unwirklich, fast metaphysisch. Ich hatte Pierre kennengelernt, einen jungen Studenten, kein Draufgänger, eher ein Idealist, nicht besonders hübsch, ein verwöhntes Jüngelchen. Wir haben viel geredet, über verschiedene Nationalitäten, das Universum, über Heimat und Sprache. Vernunft und Gefühl. Er konnte sich präzise ausdrücken, hielt jedoch wenig von Literatur und Kunst. Ich werde Mathematiker, sagte er, und will die Welt mit Zahlen und Formeln erklären.

Wenn es dir reicht?

Das wird mir reichen, sagte er überzeugt.

Ein einziger Besuch bei seinen Eltern machte mir deutlich, dass wir nicht zusammenpassen konnten. Er hatte eine symbiotische Beziehung zu seiner Mutter. Seine Standardsätze waren: Oui, Maman! Ma mère dit …

Hast du überhaupt eine eigene Meinung?, fragte ich ihn einmal.

Ich bespreche fast alles, was mir wichtig ist, mit meiner Mutter.

Du wirst nie selbstständig sein.

Ist das so schlimm?, antwortete er entrüstet. Ich möchte sowieso nicht heiraten.

Dann brauchst du auch keine Freundin.

Das schon.

Du meinst, immer dann, wenn dir die Ratschläge deiner Mutter zu viel werden oder für dein Leben doch nicht ausreichen?

Nichts ist für die Ewigkeit, sagte er, als wir uns trennten.

Und für deine Mutter? Das ist ein Tabu, antwortete er gekränkt.

Meine Beziehungen zu anderen Männern waren länger, trotzdem schwinden sie immer mehr aus meinem Gedächtnis.

In schlaflosen Nächten geht Konstanze ans Fenster, blickt hinauf zum Himmel. Ein Stern nach dem anderen wird sichtbar. Und wenn plötzlich einer aus der Bahn geriete und irgendwohin stürzte? Kindliche Fantasien beherrschen sie, machen sie ruhig, fast heiter. Kein einziger wird aus der Bahn geraten. Auch ich werde weiterhin meine Kreise ziehen. Langsam, umständlich im Denken, im Handeln mitunter spontan und unüberlegt. Mein Vater, der knorrige Lastwagenfahrer, hat jedem Stern, den er sah, einen beliebigen Namen gegeben. Er konnte dazu Geschichten erfinden, die mich als Kind zum Lachen und zugleich zum Staunen brachten. Er konnte tagelang schweigen, um nicht darüber reden zu müssen, was ihn aus dem Gleichgewicht gebracht und verwirrt hatte. Er ist ein besonderer Mensch, mitunter eigensinnig, auch genügsam. Er kann auf viele Bequemlichkeiten verzichten. Sein Beruf hat ihn verändert. Und ich? Ich brauche die Schönheit, das Unmaß, Herausforderungen.

Du bleibst für mich immer dasselbe Kind, sagt sie zu Chiara, das Mohnblumenkind, mein Sonnenblumenkind.

Ich möchte deine Wörter einfangen, die leichtfertig weggeflogen sind und die nirgendwo Platz nehmen wollen.

In der Nähe unseres Hauses ist ein schmaler Grünstreifen mit Bäumen. Sie bedrängen einander, sagte ich einmal zu dir. Was heißt das?, hast du mich gefragt. Sie wollen alle einen Platz an der Sonne. Ich auch, hast du geantwortet. Jetzt bist du in der Dunkelheit.

Es gibt eine Gegend, habe ich gelesen, in der monatelang die Sonne nicht aufgeht. Aber auch die Nacht hat eine Farbe. Ich möchte sie anfassen und beschreiben können.

Erobere dir deinen Platz an der Sonne zurück! Ich werde dir dabei helfen.

Bisweilen meine ich, dass ein strahlendes Licht von dir ausgeht, dann bekomme ich Angst, dass du wegwillst von hier.

Konstanze geht ans Fenster, schaut hinaus.

Oft entscheidet der Bruchteil einer Sekunde, ob sich das Leben zum Guten oder Bösen wendet, alles aus der

Verankerung reißt, was bisher stabil war. Das Leben wird zum Treibgut, hin- und hergeworfen von der Laune des Schicksals. Und wenn keiner ein Stoppschild aufstellt oder im Widerstand die Hände nach oben streckt, behauptet sich das Unglück, gewinnt an Bodenhaftung, macht stumm oder geschwätzig, raubt den Verstand, hüllt alles mit einem dichten Nebel ein.

Und wenn ein Namenloser, den manche Gott nennen, feinsäuberlich Notizen machen würde, um seelenruhig über unser Glück und unser Unglück zu entscheiden?

Hörst du alles, fragt sie Chiara, was ich dir erzähle und worüber ich mir meine Gedanken mache? Eine Lebensbeichte, freiwillig und wahrhaftig, so wie ich mit keinem sonst je geredet habe.

Seit du hier im Krankenhaus bist, sammle ich nutzlose Dinge, um deinen vorübergehenden Stillstand auszuhalten. In der Wohnung steht alles voll: die Fensterbretter, der Schreibtisch, die Kommode. Billiges Zeug, gefunden im Park, auf der Straße, in der Tram oder in der U-Bahn. Zufallsfunde.

Konstanze sitzt am Küchentisch, trinkt ein Glas Wein, blättert lustlos in einem Kunstband.

Ich muss damit aufhören, die Kälte weiterhin in mein Inneres zu lassen. Wie oft habe ich mit Eric über das Thema Schicksal debattiert. Wir konnten uns nicht einig werden. Er lebt vom Drama, von Theaterdialogen, Figuren, die seine Identität bestimmen. Ich brauche seine Nähe. Ich werde ihn besuchen.

Eric geht im Wohnzimmer auf und ab, hebt und senkt die Stimme, gestikuliert, schneidet Grimassen. Er ist weit von ihr entfernt.

Du störst, sagt er.

Und wenn du mir wieder von deinem Vater erzählst?

Jetzt?

Ja, jetzt. Weder morgen noch übermorgen.

Dann setz dich!, sagt er im Befehlston. Die Erinnerung an ihn will nicht aufhören. Sie ist immer noch und immer wieder gegenwärtig. Vor allem seine Sätze, sein Gesichtsausdruck, seine Art, mit Menschen und Dingen umzugehen.

Ich erinnere mich an einen unerträglich heißen Sommertag, als mein Vater sagte: Es riecht nach welkem Laub. Lass den Sommer erst zu Ende gehen, sagte meine Mutter und erschrak. Vielleicht ahnte sie etwas von seinem frühen Tod. Das sind Spekulationen und nicht wert, sie weiter zu verfolgen. Er hatte einen ausgeprägten Spürsinn für alles, vermutlich auch für sein frühes Ende. Er starb schnell und unspektakulär und ohne jede Pose. Der letzte Akt in einem großen Schauspielerleben. Was er nicht mochte, waren Schmerzen und Wehleidigkeit. Ich lebe, sagte er, und ich lebe gern. Mein Leben ist Leidenschaft und Wahn. Er stand mitten im Wohnzimmer und monologisierte. Lachte hämisch, hatte geradezu einen diabolischen Blick.

Das Böse, das Bucklige, das Hässliche darstellen können, sagte er mit lauter Stimme. Figuren mit Teufelshörnern, Fratzengesichtern, übermäßigem Zorn, der irgendwann zum Verderben führt.

Das waren Selbstgespräche, Auseinandersetzungen mit dem eigenen Ich, die er anderen nicht zumuten wollte. Ich habe erst viel später verstanden, was er damit meinte.

Ich hatte Scheu vor so viel Größe und Talent, Wandlungsfähigkeit und Verführung, konnte noch nicht unterscheiden zwischen Spiel und Wirklichkeit, Irrsinn und innerem Gesetz. Das kam erst viel später. Er liebte das Leben mit all seinen Schattierungen. Ich möchte alt werden, sagte er, ein Greis, der hinkend die Bühne abschreitet, die Zuhörer irritiert, sie aus ihrer Selbstgerechtigkeit reißt, sie verhöhnt, erschüttert, zum Lachen bringt, nicht dieses künstliche, irre, blöde Gelächter derer, die keine Ahnung vom Theater haben.

Konstanze hört andächtig zu.

Jedes Mal, wenn Eric von seinem Vater erzählt, sind beide weit entfernt von ihrem Koma-Kind, auf der anderen Uferseite. Da spielen sie mit den Möglichkeiten des Daseins, das längst eingezwängt ist in eine harte, unausweichliche Wirklichkeit.

Ich habe nicht gewusst, sagt Eric, was es heißt, zu warten, auf einen neuen Tag, der alles wieder ins Lot bringt, auf einen Zustand, der das Ende unserer Qual bedeuten könnte.

Geh jetzt! Meine Gedanken verselbstständigen sich.

Konstanze sitzt an Chiaras Bett.

Es gab kein Vorzeichen, keine Ankündigung, keine warnende Stimme, nichts. Was hätte es auch genutzt? Dass wir uns hätten darauf einstellen können? Worauf? Auf den Schrecken, den Schatten, der sich unbarmherzig über alles warf? Auf das Verhängnis?

Wir hatten ein übermütiges Jahr, sagt sie zu ihrem Kind und streicht versonnen über die Bettdecke. Wir haben viel gelacht, uns viele Dummheiten ausgedacht.

Welche Farbe hat deine Seele? Ich möchte es mir vorstellen können. Wann endlich wirst du die Augen öffnen und über all das staunen, was dir fremd geworden ist? Du atmest, wartest so lange ab, bis du einen geeigneten Moment gefunden hast, um wieder aufzutauchen und an die Oberfläche zu kommen.

Die Welt da draußen. Hörst du sie? Siehst du sie? Du kannst sie dir zurückerobern, Satz für Satz, Schritt für Schritt. Wir werden deine Lieblingswörter üben. Wir haben oft endlose Wortketten gebildet. Wir werden die Füße eines Tausendfüßlers zählen, dabei nicht müde werden, sondern lachen bis zum Umfallen. Du bist kein besonders intelligentes, dafür aber ein fantasievolles Kind. Nur ab und zu blitzte etwas in dir auf, was mich als Mutter glauben ließ, du wärst außergewöhnlich begabt. Außergewöhnlich ist dein momentaner Zustand, nicht einmal das. Auch andere fallen ins Koma, bleiben oft jahrelang in einem Zwischenreich, können sich nicht entscheiden, wohin sie gehören wollen. Wofür wirst du dich denn entscheiden? Du bist immer noch stumm und blind. Vielleicht hast du noch keinen Hunger nach dieser Welt.

Ich habe Origami-Papier mitgebracht und werde Vögel falten, sie hinausfliegen lassen, ihnen deine Wünsche mitgeben und warten, bis sie wieder zurückkommen. Sie müssen wie du das Fliegen lernen. Ich bin nicht mehr darin geübt, aber ich habe viel Zeit. Du hättest mit deinen kleinen Händen mehr Geschick als ich.

Schau! Das kleine Geschöpf ist fertig.

Konstanze geht ans Fenster, öffnet es, lässt den Vogel hinausgleiten, spürt diesen winzigen Trost, den kindliche Gedanken bringen können.

Wieder am Bett, küsst sie ihr Kind: Bis morgen! Ich werde deinen Vater besuchen.

Konstanze springt die Treppen zu seiner Wohnung hinauf, läutet, umarmt Eric, lässt ihn gar nicht zu Wort kommen: Das Krankenzimmer duftete heute nach Rosen, sagt sie zu ihm. Ich fange an, die Wirklichkeit zu leugnen.

Eric zieht sie an den Schultern zu sich heran. Du siehst blass aus. Vergiss unser Schicksal, wenn du bei mir bist. Es ist zu schwer für dich.

Und wenn Gott durch die Nacht schreitet, um teilzunehmen an unserem Geschick?

Ich traue weder einem Gott noch den Gestirnen. Der Kosmos hat kein Interesse an uns. Das Weltall ist kalt und ohne Gefühl. Der Himmel von einem zornigen, maßlosen Blau.

Und wenn dahinter doch ein Gott wäre?

Hypothesen, weiter nichts, sagt Eric, das führt in die Irre, trennt uns von dem, was für uns hier und jetzt wichtig und entscheidend ist.

Ein Gott, denkt sie. Wo auch immer.

Und wenn andere teilnehmen möchten an meinem Unglück, weil sie selber im Unglück sind?

Jeder ist zu sehr mit sich selbst beschäftigt, sieht kaum über den eigenen Tellerrand hinaus.

Manchmal zittert die Landschaft, sagt Konstanze.

Du hast komische Gedanken. Sie gefallen mir, wie mir alles Komische an dir gefällt.

Du verstehst mich nicht, hast mich nie verstanden. Am Anfang vielleicht, später schon nicht mehr.

Ich verstehe dich besser als du denkst, sagt Eric. Ich liebe Menschen, die trotz aller Vernunft auch Narren sein können. Weißt du eigentlich, dass du in der Nacht wirres Zeug redest? Einen Zusammenhang kann ich nicht erkennen.

Ich träume vom Leben, vom Meer, den Wellen, dem Übermut, vom Sturz der Möwen, von Jagdszenen, von Tätern und Opfern. Von Figuren, die plötzlich aus den Gemälden heraustreten und zu sprechen beginnen. Manche

Träume vergesse ich, andere sind aufgehoben in meinem Inneren.

Du hast mehr Seelenstärke als ich.

Da bin ich nicht sicher. Erinnerst du dich noch? Der erste Schrei unseres Kindes war vollkommen und überzeugend. Es wollte auf die Welt kommen. Ich habe Chiara meine Melancholie aufgebürdet. Meine maßlose Mutterliebe, meine Unruhe, die Last meiner nicht ausgelebten Sehnsüchte. Jetzt holt Chiara ihre Ruhepausen nach, um sich von mir zu befreien.

Sie geht ans Fenster.

Das Licht hat sich verflüchtigt, stattdessen ist die Dunkelheit gewachsen. Das macht mir Angst. Im Dunkeln wird manches sichtbar, was ich gar nicht wahrnehmen möchte.

Eric drückt sie wortlos an sich.

Ich sollte meinem Kind den Tod wünschen, sagt Konstanze zu ihrer Therapeutin und sieht ihr dabei direkt ins Gesicht.

Und dann? Was ist dann?, fragt Frau Dr. Schäfer.

Dann kann ich endlich neu anfangen.

Es gibt keinen Neuanfang. Sie schleppen alles mit, was Sie zurücklassen wollen.

Andere Frauen haben mehr Glück als ich. Ingrid, die Dümmste in unserer Klasse, hat schon drei Kinder auf die Welt gebracht. Sie strotzen vor Gesundheit. Das Wasser teilt sich, wenn sie hineinfallen.

Konstanze lacht hysterisch, dann weint sie. Haben Sie nie jemandem den Tod gewünscht?

Die Therapeutin sieht sie überrascht an.

Ich weiß, es ist nicht erlaubt, der Therapeutin eine Frage zu stellen. Das ist ein Tabu. Estoy aqui, Chiara hatte den Satz bei unserem letzten Urlaub aufgeschnappt. Sie hat ihn so oft wiederholt, bis ich wütend wurde. Genau jetzt möchte ich diese zwei Worte von ihr hören, laut und überdeutlich, immer und immer wieder.

Und wenn Ihr Kind heute noch aufwacht und nach Ihrer Hand greifen möchte, um sich neu am Leben zu orientieren?

Dann werde ich diese kleine Hand festhalten und nicht mehr loslassen.

Gehen Sie wieder ins Krankenhaus zurück, andere Mütter haben keine Ahnung von Ihrem Leiden.

Im Krankenzimmer beugt sich Konstanze über ihr Kind, streicht versonnen über das zarte, helle Gesicht. Verzeih! Ich habe dich vernachlässigt. Wenn du nach dem Aufwachen nicht mehr alles aufholen kannst und das Gehen nicht mehr richtig funktionieren sollte, bin ich damit einverstanden.

Ein Jahr älter sein, sagt Konstanze zu Eric, und den Alptraum vergessen.

Meinst du wirklich, wir können die letzten Monate einfach aus unserem Leben streichen? Auch sie müssen eine Bedeutung für uns haben.

Nicht alle Schicksalsschläge haben eine Bedeutung. Die meisten sind sinnlos und ohne jeden Zweck.

Es kommt darauf an, wie du damit umgehst.

Konstanze sieht ihn erstaunt an.

Immer wieder habe ich den Wunsch, den ganzen Tag im Zug zu sitzen, durch das Land zu fahren, ohne groß nachzudenken, nichts wahrnehmend, weder Menschen noch Bäume noch Häuser, noch dieses satte Sommergrün, weder Flüsse noch Ebenen, noch den Nebel oder den Regen, den Blick nur nach innen gerichtet, um das zu finden, was verloren gegangen ist. Ich sollte für ein paar Tage verschwinden.

Aber wohin? Das Schicksal läuft neben mir her. Wenn unser Kind wieder gesund ist, werden wir verreisen, ans Meer, auf eine Insel, in fremde Länder.

Lass es erst ankommen in unserer Welt, sagt Eric.

Ich sehe einen Mirabellenbaum vor mir, sagt Konstanze, voll mit Früchten. Das Wasser läuft mir im Mund zusammen. Sie sind süß, gelb und reif. Auch ein Getreidefeld, dazwischen Kornblumen und roter Mohn. Mein Leben hat wieder Farbe und Geruch. Es ist von zärtlicher Schönheit. Ich erinnere mich an den Eisverkäufer an der Meeresküste, wo alle danach verlangten, sich abzukühlen. Chiara und ich haben uns in der langen Reihe geduldig angestellt, in der Hitze gewartet, endlich eine Eistüte in der Hand gehalten. Das Eis tropfte über unsere Finger und Hände. Wir haben viel gelacht, damals. Und wenn Chiara aufwacht, feiern wir ihren ersten Überlebensgeburtstag mit ihren Großeltern und Freunden, mit Spielen, Girlanden, Luftballons. Wir lassen Drachen steigen. Der Tisch wird voll sein von Geschenken. An manchen Tagen ist in mir der Wunsch, lieber ein autistisches Kind zu haben als eines im Koma.

Du weißt nicht, wovon du redest. Ein Autist gehört dir nicht, der gehört nur sich selbst. Autisten sind ichbezogen, ohne Rücksicht auf andere. Sie teilen ihr Leben sauber ein in Quadrate und Rechtecke.

Und wenn ich eine Strichliste für das Glück und das Unglück anlegen würde?

Das verwirrt nur, führt nicht ans Ziel.

Eric küsst sie lange und innig.

Wenn Chiaras Zustand noch lange andauert, falle ich selbst ins Koma, sagt Konstanze zu Dr. Staudt, der sie auf distanzierte Art immer wieder zu trösten versucht. Ich bleibe eines Morgens liegen, starre die Decke an, ohne etwas zu sehen oder zu denken, eine leblose Puppe ohne Gefühl und ohne Sprache.

Sie müssen sich wegen Chiara am Leben erhalten. Wenn Ihr Kind aufwacht, soll es zuerst Ihr glückliches Gesicht sehen. Es soll Ihr Lachen hören, von Ihnen in die Arme genommen werden. Sie werden es in dieser Welt genauso willkommen heißen wie damals, als es geboren wurde.

Konstanze starrt den Arzt an, als hätte er Wunderkräfte. Danke, sagt sie, ich werde …

Sie hat Tränen in den Augen.

Der Weg von der Wohnung zum Krankenhaus wird für mich immer mehr ein Weg der Zuversicht, sagt sie zu Eric.

Meine Angst und meine Zweifel werden kleiner, meine Hoffnung wächst, dass sich bald etwas verändert. Ich senke nicht mehr den Blick, wenn andere an mir vorbeigehen. Ich lasse mich ab und zu sogar auf kurze Gespräche ein, höre aufmerksam zu, wenn mir jemand aus seinem Leben erzählen will. Und wenn Kinder an der Hand genommen werden von übereifrigen Müttern, denke ich, auch wir werden, wenn es an der Zeit ist, unser Kind wieder an der Hand nehmen, ihm die Welt zeigen mit allen Veränderungen und aller Schönheit. Vor einigen Monaten noch wollte ich nur den Mittelstreifen entlanggehen, kilometerweit der Gefahr ausgesetzt von links und rechts. Autos rasen an mir vorbei. Ich höre Flüche, Schimpfwörter und gehe unbeirrt weiter.

Willst du dich umbringen?

Nicht mehr. Mein Lebenstrieb ist stärker. Ich möchte, dass du heute mit ins Krankenhaus gehst, die Bürde ist zu groß für mich allein.

Eric nickt. Er hat Tränen in den Augen.

Kennst du das?, fragt er Chiara und sieht sie dabei an, als hätte er magische Kräfte.

Ein Tintenfisch im tiefen Meer
Schwamm zwischen Seetang hin und her
Er dachte so für sich allein:
Hier bin ich Tier, hier darf ich's sein

Vielleicht, sagt Konstanze, wird Chiara, wenn sie aufwacht, lachen. Über uns und über die Welt da draußen, über alle Dummheiten und alle Unstimmigkeit.

Sie muss zuerst ihre eigenen Worte wiederfinden.

Zum Lachen brauchst du keine Worte. Es kommt aus deinem Inneren. Wie oft hat mich Chiara zum Lachen gebracht, wenn sie die Haferflocken auf den Boden gestreut und Schneeflocken gerufen hat oder wenn sie mich imitierte mit der ihr zur Verfügung stehenden Komik. Konstanze ist weit entfernt, ist dort, wo das Glück sich zaghaft, aber beständig ausgebreitet hatte.

Wenn Chiara zu Hause ist, werde ich einen Drehorgelmann bestellen.

Du hast eigenartige Ideen. Ich muss zur Theaterprobe.

Du bist ein Bühnenvater, sagt Konstanze zu Eric. Vielleicht ist das auch eine Möglichkeit, dass Chiara wieder zurück ins Leben will. Du spielst auf der Bühne das Leben, feierst es, bist davon trunken, besessen von Wörtern und Rollen, die dir auf den Leib zugeschnitten sind. Geh endlich! Ich schaffe es auch allein.

Konstanze verliert sich in ihren eigenen Gedanken und Gefühlen.

Drachen steigen, bleiben im Baum hängen. Kinder sehnen sich nach dem Unmöglichen. Erwachsene können sich nicht von ihren Tagträumen verabschieden. Wer lebt wirklich?

Die Welt ist in Unordnung, und ich bin immer noch aus dem Gleichgewicht.

Pfleger und Pflegerinnen kommen und gehen, stellen die eine oder andere Frage. Sie sind geübt im Umgang mit den Eltern, die ihre Bürde kaum allein tragen können.

Konstanze nimmt aus ihrer Handtasche einen Zeichenblock und Stifte. Sie beginnt damit, ihr Kind zu zeichnen. Nur mit ein paar Strichen, das Leben nur angedeutet. Dann umgibt sie Chiara mit Blumen und Ornamenten, gestaltet deren Welt neu. Ein Anfang, sagt sie, wenn auch auf eine etwas eigenwillige Art.

Wir werden, sagt sie zu Chiara mit tränenerstickter Stimme, einen Weg finden, anders als bisher. Vieles wird sich verändern, für dich, Eric und mich.

Du hast einen tänzelnden Schritt wie eine Frau, sagt sie zu Eric, als er mit ausladender Geste und gezierten Bewegungen durch das Wohnzimmer schreitet.

Ich bin alles zugleich: Mann und Frau, jung und alt, Mensch und Tier, brutal und ergeben, ein Grobian und Feingeist. Jedes Theaterstück fordert ein anderes Ich: jung, elegant, verschmutzt, roh, feinfühlig, abartig, verdorben, von allen belächelt oder bewundert.

Dich zu verstehen ist unmöglich.

Mich zu lieben auch.

Ich muss dich auch nicht in allem begreifen. Du sollst nur da sein, wenn ich dich brauche, mir wenigstens zuhören.

Mitunter übertreibe ich, will ich mehr sein als ich wirklich bin. Auch ich habe, tief verborgen in meinem Inneren, ein kleines, mickriges Ich. Wenn du ausdauernd genug bist und einen langen Atem besitzt, können wir auf unsere Art und Weise zueinanderfinden. Du darfst allerdings nicht zu viel erwarten. Ich liebe mich selbst, ich liebe die Rollen, die ich spiele. Ich liebe das Nichts, das etwas werden kann. Ich liebe das Gute und Böse, das Widerwärtige und das Erlesene.

Konstanze umarmt ihn, küsst ihn leidenschaftlich auf die Stirn und auf den Mund. Ich verharre immer noch in der mir zugedachten Rolle, sagt sie, ohne Bühne und ohne vorgegebenen Text. Meine Welt ist teilweise ein Scherbenhaufen.

Dann musst du sie neu zusammensetzen, antwortet Eric und lacht.

Wie denn?

Unser aller Leben besteht aus Bausteinen, aus Bühne und Vorhang, Souffleur und Zuschauer, Rezensent und Applaus. Und jeder von uns hat seinen ihm zugeordneten Platz. Es wird Zeit, dass du ihn endlich findest.

Konstanze steht eine Weile im Kinderzimmer. Ich werde die Wände neu streichen. Chiara soll sich wohlfühlen, wenn sie nach Hause kommt.

Sie entscheidet sich für ein Sonnengelb, kauft Farben und Pinsel, räumt das Zimmer leer, öffnet Schränke und Schubladen. Findet auf Blättern erste unbeholfene Striche. Chiara hat schon als Vierjährige mit Fingerfarben Fenster und Türen, sogar die Wände vollgeschmiert. Sie hat auf jede Farbe anders reagiert. Ein bestimmtes Grün konnte sie nicht ausstehen, auch nicht dieses strahlende Himmelblau. Kleider mit Blumen mochte sie besonders oder solche, die mit Rüschen und Bändern verziert waren.

Ich werde ihr, wenn sie wieder da ist, alles erlauben, ihr Dinge zum Anfassen geben: Knetgummi, Stoffreste, Bänder, Knöpfe, Bälle, das Runde, Gleichförmige, das Gefügige, das, was riecht, erregt und zugleich beruhigt.

Sie setzt sich auf den Fußboden, beginnt mit Chiara zu reden, als säße sie neben ihr: Von meinem Opa bekamst du das Kinderbuch *Wurzelkinder*. Wie oft habe ich es dir vorgelesen, haben wir unter der Bettdecke das Wurzeldasein ausprobiert, bis uns die Luft ausgegangen ist.

Ich werde deine Sinne öffnen für die einfachen Dinge, für das Wort Wasser, wenn es über deine Arme rinnt. Oder das Wort Luft. Oder das Wort Wind. Wenn er dich berührt, wirst du rote Backen bekommen, im Eifer den Hügel hinaufrennen, stolpern, wieder aufstehen. Ich werde dir dabei helfen.

Ich habe damals einen Pullover für dich stricken wollen, der nie fertig wurde. Immer wieder nahm ich das Strickzeug in die Hand. So war es auch mit einem Kleid. Ich hatte Stoff gekauft, ihn zugeschnitten, angefangen zu nähen. Meine Finger eignen sich nicht dafür. Ich bin mehr für das Nachdenken und Lesen, für eigenwillige Geschichten und für Gemälde, die mir Rätsel aufgeben.

Wir haben zu viel in dich hineingedacht, hineingesehnt, auch hineingewünscht. Das war Hybris. Auch andere Eltern sind so. Wir wollen Genies aus unseren Kindern machen, nicht einsehen, dass wir selber gewöhnlich sind.

Dem Tod einfach davonlaufen Du bist sicher schneller als er.

Mein Schmerz verändert sich. Er wird leise und unaufdringlich. Die Liebe zu dir wird stärker, meine Hoffnung von Tag zu Tag größer.

Ich habe mir viel Mühe gegeben, sagt Konstanze, nachdem sie das Zimmer fertig gestrichen hat. Es ist farbenfroh und freundlich.

Sie geht ans Fenster, zieht die Vorhänge zurück.

Die Dunkelheit schwindet, sagt sie.

Alltagswörter und Bühnenwörter

Und wenn die lange, düstere Zeit heute zu Ende ginge?

Konstanze steht am Fenster und schaut hinaus: Bäume und Pflanzen haben einen anderen Geruch. Der Himmel ist von einer außergewöhnlichen Farbe. Auch die Wände des Krankenzimmers haben nicht mehr dieses blendende, verderbliche Weiß.

Etwas verändert sich, sagt sie.

Sie setzt sich auf die Bettkante, denkt sich hinein in die Helligkeit eines neuen Tages und in ein mögliches Glück, betrachtet ihr Kind, ihr einziges, stummes, gewolltes, geliebtes Kind. Hast du dich immer noch nicht entschieden? Komm zurück!

Deine Wimpern zucken. Das habe ich in all den Wochen nicht bemerkt. Sollte deine Sehnsucht endlich Flügel bekommen haben?

Chiara öffnet die Augen, dann den Mund, sagt leise: Mama, Tasche, und zeigt auf die rote Umhängetasche, die Konstanze auf den Stuhl gelegt hat.

Konstanze hat Tränen in den Augen, greift aufgeregt nach der Tasche.

Ich weiß, die mochtest du immer am liebsten. Du hast sie in deiner kindlichen Neugier oft leergeräumt, alles begutachtet, es einzeln in die Hand genommen: den Lippenstift, das Parfüm, das Adressbuch, das Smartphone. Den Ausweis. Belege.

Konstanze berührt erschrocken dieses wieder erwachte Kind. Dasselbe und doch ein anderes, denkt sie. Hört zum zweiten Mal das Wort Mama.

Ja, ich bin deine Mama, auch wenn deine Erinnerung an mich und andere verschwunden sein sollte. Oder täusche ich mich?

Keine übertriebene Erwartung, sagt der Arzt, der den Puls des Kindes fühlt, sorgsam über die heiße Stirn streicht. Chiara muss alles neu lernen. Alles noch einmal von vorne und ganz langsam, sagt er. Das Gehen, das Sprechen, das Denken, das Aufrechtsitzen, sogar wie sie das Besteck in die Hand nehmen muss.

Kinder haben die erstaunliche Fähigkeit, sich Verlorengegangenes schnell wieder anzueignen. Eines ist wichtig: kleine Schritte, kurze Sätze, Ermunterung und Lob, vor allem ein Übermaß an Geduld. Wenn Sie es zu Hause schaffen wollen, werden Ihnen Fachkräfte dabei zur Seite stehen, auch ein psychologisches Team wird Sie begleiten.

Konstanze betrachtet Chiara wie ein Neugeborenes, streicht immer wieder über ihr Gesicht. Du nimmst mich an der Hand, und ich nehme dich an der Hand. Du zeigst mir, was für dich plötzlich neu ist, und ich zeige dir, was für mich längst Gewohnheit ist. Wir werden weinen und lachen, das Komische komisch finden, das Schöne schön, das Hässliche hässlich.

Mama.

Ich weiß, ich rede zu viel. Ich will alles nachholen. Du warst einfach verschwunden. Jetzt bist du wieder da.

Chiara sieht sie verständnislos an.

Konstanze ruft Eric an. Du musst sofort kommen.

Ist etwas Schlimmes passiert?

Sofort, wiederholt sie.

Eric steht vor seinem wieder erwachten Kind, hat Scheu, Chiara ganz nahe zu kommen, greift endlich nach ihrer Hand. Es gibt auch jetzt kein Drehbuch dafür, wie wir uns in Zukunft verhalten sollen, denkt er.

Wir werden, sagt Konstanze zu Eric, unserem Kind alle Wörter noch einmal beibringen, die Wörter Schnee, Sonne, Wasser, Blume, Kleid, Stuhl, Bett, Gott. Konkrete und abstrakte Wörter, gute und böse, harmlose und gefährliche, solche mit klangvollen Konsonanten, aber auch mit tiefen Vokalen, Wörter, die man in die Luft werfen kann und die oben hängen bleiben, auch tief verwurzelte und bodenständige. Du bist für die erhabenen Wörter zuständig und ich für die Alltagswörter.

Lass Chiara erst richtig ankommen.

Wochen der Gesundung folgen, der Rückschläge und immer wieder des Neuanfangs. Tage einer anderen Gegenwart, Schritte ins Helle, dann wieder ins Dunkle, wenn Chiara noch immer nicht aufrecht sitzen kann, ihr der Löffel oder ein Stift aus der Hand fällt, wenn die Wörter nur stockend aus ihrem Mund kommen, als würde sie jemand aufhalten.

Deine Wörter gehen auf Stelzen, sagt Konstanze, das ist nicht bei allen Kindern so. Das Wort Lokomotivführer, einst dein Lieblingswort, zerfällt in einzelne Teile. Der Lokführer hat Zeit. Auch wir haben Zeit. Sie lässt sich dehnen und strecken. Ich will versuchen, deine Worte einzufangen, bevor sie wieder verschwinden könnten. Ich werde sie eine Weile in der Hand halten. Deine Worte müssen Schmetterlinge sein, die sich überall niederlassen wie auf einer Blüte. Der Duft verrät mir, was deine Worte bedeuten. Ich bin eine verrückte Mutter.

Konstanze zeigt ihrer Tochter Fotos aus einer Zeit, als alles noch anders war. Das bist du, und das sind deine Freundinnen und Freunde. Und das …

Chiara schüttelt ihren Kopf. Nein, sagt sie.

Konstanze weint. Du kannst dich nicht mehr erinnern, hast vieles vergessen, sagt sie. Ich werde dir Geschichten von früher erzählen, und ich werde dir Lieder vorsingen, die du am liebsten gemocht hast. Du wirst darüber staunen, dir die Welt langsam und auf deine Weise erobern.

Das Glück gedeiht, sagt sie zu Eric. Unser Kind braucht Ruhe und Zusammenhalt.

Du meinst, ich sollte mehr auf eigene Ansprüche verzichten?

So lange, bis Chiara einigermaßen selbstständig ist.

Ich weiß, ich habe mich zu wenig um sie gekümmert. Eine Theaterpause käme mir zwar gelegen, weil ich erschöpft bin von den vielen Rollen, aber ich kann den Vertrag nicht einfach auflösen. Es gibt übrigens interessante Theaterstücke für Kinder.

Dafür ist es noch zu früh. Chiara wird schnell nervös, wenn andere auf sie zukommen und sie in ihre Gruppe aufnehmen möchten. Im Theater ist zu viel Unruhe.

Alles für später, sagt Eric.

Nicht alles, sagt Konstanze.

Chiara malt mit Fingerfarben die Sonne, den Mond, einen Stern auf ein großes Blatt Papier. Dann haucht sie Wörter in den Spiegel, vergänglich und zart. Sie küsst ihr Spiegelbild, drückt die Hände darauf. Zweimal Chiara, sagt sie.

Jetzt nur nicht stören, denkt Konstanze, diesen kleinen Kosmos bewahren, der neu entstehen will aus Gedanken, Wörtern und Sätzen, die sich wieder ordnen lassen.

Das Laufen üben, sagt Konstanze, Schritt für Schritt, dazwischen Ruhepausen, und irgendwann einen kleinen Hügel hinauf.

Chiara setzt Fuß vor Fuß, stolpert, wird zornig.

Deine Beine müssen sich wieder daran gewöhnen.

Chiara nimmt einen Ball in beide Hände, wirft ihn nach oben, wartet, läuft ihm hinterher, will ihn aufheben, greift daneben, probiert es ein zweites und drittes Mal.

Gewonnen, sagt die Mutter.

Immer wieder steht Chiara vor dem Klettergerüst, hat Schweißperlen auf der Stirn. Angst, sagt sie.

Ich bin doch da, du musst nicht hinaufklettern, musst es den anderen nicht nachmachen. Du bist einmalig.

Jedes Mal, wenn Konstanze sie zu Bett bringt, denkt sie, wieder ein Tag, den wir gemeistert haben. Sie fühlt ängstlich Chiaras Puls, deckt sie zu, gibt ihr einen Kuss auf die Stirn, singt, während sie hinausgeht und leise die Türe schließt.

Tage und Wochen reihen sich aneinander. Konstanze erlebt diese winzigen Erfolge, die für alles entschädigen, was düster und schwer gewesen ist.

Die Dinge werden langsam gefügig, die Worte zahlreicher, die Schritte größer.

Ich werde, sagt Konstanze, Chiara einen Brief schreiben.

Mein über alles geliebtes Kind,
es hat zwei Momente in meinem Leben gegeben, die alles verändert haben. Damals, als du ins Koma gefallen bist, und der Augenblick, als du wieder die Augen geöffnet hast. Was habe ich versäumt, als wir bei Hugo im Garten saßen, unbeschwert lachten, Wein tranken, uns Episoden erzählten, die nicht unbedingt der Wahrheit entsprachen?

Die Frage verändert nichts mehr, weder an der damaligen noch an der heutigen Situation. Du bist mein Kind und seit dem Unfall doch ein anderes. Geliebt und behütet. Umsorgt und verwöhnt.

Wie ich mit dir umgehen soll? Mitunter bin ich ratlos. Die alte Vertrautheit fehlt. Ich freue mich über jeden Fortschritt, über deine Einfälle, deine Freude an Farben und an allem, was sich bewegt. Deine oft überstürzten Wörter und verstümmelten Sätze bringen mich nicht mehr aus dem Gleichgewicht.

Noch vor einigen Wochen, als alles so hoffnungslos ausgesehen hat, wollte ich deinen Tod. Verzeih mir! Jetzt will ich nur mehr dein Leben, dass du gesund, frei und selbstständig wirst. Und wenn du mit dem einen Bein etwas nachhinkst und die Wörter dir nicht immer gehorchen, es stört mich nicht. Auch du wirst deinen Weg finden.

Ich stelle mir vor, wie es sein wird, wenn junge Männer um dich werben, sie nach kurzer Zeit merken, dass du anders bist, langsamer, zögerlich, zwar mit einem körperlichen Makel, aber mit Fähigkeiten, die nicht jeder hat. Du siehst mehr als andere. Du hörst Zwischentöne, reagierst feinfühlig auf das, was andere gar nicht wahrnehmen.

Dein Vater hat mich in all den Wochen mehr oder weniger gut begleitet. Er ist und bleibt ein Theatermensch. Er wird dich, wenn du dafür bereit bist, einführen in seine eigene Welt, die mich immer wieder neu begeistert.

Für dich habe ich eine besonders schöne Muschel aufbewahrt, die ich vor Jahren von einer Insel mitgebracht habe. Ich werde dir, wenn wir wieder dort sind, alles zeigen, was du noch nicht gesehen hast. Seltene Bäume, menschenleere Strände, Höhlen, Steine, Schatten und gleißendes Licht. Dann werde ich den Satz von dir hören: Estoy aquí.

Durch deine lange, qualvolle Abwesenheit habe ich endlich zu mir selbst gefunden. Ich habe vorher mehr oder weniger sorglos vor mich hingelebt. Das ist vorbei.

Und wenn morgen ein neuer Tag beginnt und draußen die Vögel zwitschern, wird es warm und hell sein. Das Unglück wagt es nicht mehr, in unsere Nähe zu kommen.

Ich umarme dich mit großer Zärtlichkeit

Deine Mama

Sie faltet das Blatt zusammen. Steckt es in ein Kuvert und schreibt darauf: Für Chiara, legt es in eine der Schubladen, in denen sie alles aufbewahrt, was nicht verloren gehen darf.

Konstanze blickt zurück: weiße Wände, stille Räume, Pflegekräfte, Ärzte. Therapien, Rückschläge und Fortschritte. Hoffnung und Zweifel, Verlassenheit und Zuversicht.

Die Vergangenheit ist ein ferner Ort. Ich kann mich an nichts mehr erinnern, sagt Konstanze. Ich habe alles vergessen. Ich bin ein Mensch der Gegenwart.

Sie lacht, betrachtet immer wieder ihr Kind. Vielleicht hatte ich nur einen bösen Traum. Und ich bin endlich aufgewacht.

Ich habe eine Idee, sagt sie zu Chiara. Wir fahren zu Opa.

Das Kind nickt.

Lieber Vater,
was hältst du davon, wenn wir dich besuchen? Kannst du die Schaukel überprüfen, ob sie auch standhält? Wir wollen dem Himmel wieder näher kommen.

Marianne Ach

Der Atem deines Landes

2021, 136 Seiten, 13,90 Euro,
ISBN 978-3-941306-39-4

Von einer deutsch-griechischen Liebe: Ein heftiger Sturm wühlt das Innenleben des Griechen Spiros auf. Er denkt zurück an seine Zeit in Deutschland und an seine verstorbene Frau Irene, mit der er in Griechenland eine Wohnanlage für Feriengäste aufgebaut hat. Ein Teil seiner Frau ist Spiros immer rätselhaft geblieben.

Marianne Ach

Dieses schmale Stück Himmel über Paris

2019, Klappenbroschur, 112 S., 13,90 Euro,
ISBN 978-3-941306-85-1

Eine Auszeit in Paris soll Hannah helfen, über ihre Ehe nachzudenken. Kann sie weiterhin ihr Leben mit ihrem psychisch kranken Mann teilen, oder soll sie sich von ihm trennen? Der Aufenthalt in der pulsierenden Stadt hilft ihr dabei, eine Entscheidung zu treffen.

Marianne Ach

Von gestern eine Spur

2017, Klappenbroschur, 120 S., 13,90 Euro
ISBN ISBN 978-3-941306-32-5

Das Verschwinden ihres Sohnes lässt Theres nicht los. Immer wieder sucht sie in seinem Zimmer nach Hinweisen und grübelt in schlaflosen Nächten. Ihre Ehe ist zerbrochen. Ihr Zusammenleben mit einem fünfzehn Jahre jüngeren Mann wird zu einem Neuanfang.

Marianne Ach

Am Horizont kein Zeichen

2014, Klappenbroschur, 144 S., 13,80 Euro,
ISBN 978-3-941306-10-3

Marianne Ach beschreibt in diesen Erzählungen Beziehungen zwischen Liebenden und Familienmitgliedern. Sie gehen ihre eigenen Wege – oder finden wieder zueinander. Einige begeben sich auf Reisen, um andernorts einen Neuanfang zu wagen. Manche scheitern an ihren zu großen Wünschen.